诗路放歌

郭曰方 著

红旗出版社

图书在版编目（CIP）数据

诗路放歌 / 郭曰方著. -- 北京：红旗出版社，
2023.11
ISBN 978-7-5051-5376-9

Ⅰ. ①诗… Ⅱ. ①郭… Ⅲ. ①抒情诗—诗集—中国—
当代 Ⅳ. ①I227.2

中国国家版本馆CIP数据核字(2023)第219977号

书　　名　**诗路放歌**
　　　　　SHI LU FANGGE

著　　者　**郭曰方**

责任编辑　刘云霞　　　　　　　特约编辑　刘德荣
责任印务　金　硕　　　　　　　责任校对　郑梦祎
装帧设计　赵志军
出版发行　红旗出版社
地　　址　北京市沙滩北街2号　　邮政编码　100727
　　　　　杭州市体育场路178号　邮政编码　310039
编辑部　0571-85310198　　　发行部　0571-85311330
E-mail　498416431@qq.com
法律顾问　北京盈科（杭州）律师事务所　钱　航 董　晓
印　　刷　大厂回族自治县德诚印务有限公司
开　　本　710毫米×1000毫米　　1/16
字　　数　226千字　　　　　　　印　张　19
版　　次　2023年11月第1版　　　印　次　2023年11月第1次印刷
ISBN 978-7-5051-5376-9　　　定　价　68.00元

作者简介

郭曰方，中国科学院文学艺术联合会名誉主席，俄罗斯艺术科学院荣誉院士，意大利艺术研究院荣誉院士，中国作家协会会员。高级编辑，享受国务院政府特殊津贴专家。

曾任中国驻索马里大使馆随员，对外经济联络部、中国科学院、国家科学技术委员会、中共中央办公厅、国务院办公厅等部（委、院、厅）秘书，中国科学报社总编辑，中国科学院院机关党委书记，中国科普作家协会副理事长兼科学文艺委员会主任。

出版诗集、散文集、纪实文学、科普书画等作品100多部,主编、撰写著作200多部。著作被翻译成英语、俄语、日语等多种语言在世界各地传播。在中宣部、教育部、团中央支持下,在全国重点高校举办了近50场主题为"科学与祖国"的专场诗歌朗诵演唱会。

荣获"中国新诗百年·百位最具影响力诗人""有突出贡献的科普作家"称号,荣获北京市科学传播人终身成就奖提名奖、红色诗歌终身成就奖、王麦林科学文艺创作奖、中国科学院文学艺术联合会终身成就奖等奖项。多次荣获国家级、省部级图书奖。

诗路心语
——我的科学艺术情缘

  时间过得真快，一眨眼，82个年头过去了。这辈子经历了太多太多的风风雨雨，走过了太多太多的沟沟坎坎，细细咀嚼其中滋味，可谓苦辣酸甜咸，五味俱全。从60年前我在《郑州晚报》发表第一首诗歌《织渔网》迄今，一路上奔流跌宕，云飞浪卷，在浩浩荡荡的作家大军中，我最多也只能算是一个文学热爱者。

  我出生在豫北黄河北岸一个叫作郭庄的乡村，独特深厚的中原文化孕育了我的童年。小时候，每当夕阳西下、晚霞如黛的时候，我喜欢坐在黄河岸边，凝望远山，看鸥鹭翻飞，听涛声轰鸣，手执一管竹笛，吹响我最爱听的乡村歌谣，尽情倾诉我对未知世界的梦想。我很想知道，这日夜奔流不息的黄河究竟是从哪里来，又到哪里去的，山的那边又是什么风景，太阳落山时为什么会撒下漫天星斗，为什么会有春夏秋冬，为什么会有雨露风霜，世界究竟有多大，天空究竟有没有边界，我希望有一天能够找到答案。

  梦想与对未知世界的好奇伴我成长。自从我走出校门，便踏入一个令人眼花缭乱，充满未知的世界。如今，在这物欲横流，很多人都在追逐物质利益最大化的时候，人们都津津乐道着幸福是什么，怎样才能过得幸福。的确，幸福，是人人追求的目标，但是，不同的人却有不同的答案，可谓千差万别，大相径庭。许多人认为，有了金钱就是幸福。自古以来，人们衡量一个人的成就时，通常会用财富去衡量，却往往忽略了思想、感情、人生的价值。我认为，人生的价值和幸福感才是最高财富。一个幸福的人，必须有一个明确的目标，然后努力去追求并实现。幸福是快乐和意义的结合。真正快乐的人，会在有意义的生活中去享受点点滴滴，哪怕有时很苦，也会觉得很甜。作为一名科技工作者和文学工作者，这辈子能够在科技界工作，结识中华人民共和国科学大厦的很多奠基人，有机会为科学服务，为科学家歌唱，这就是我最大的幸福。许多科学家身上所体现的幸福观，以及他们为国家的繁荣富强、人民的幸福而奋斗的精神，为我的文学创作提供了取之不尽用之不竭的创作源泉。

我们不会忘记，在中华人民共和国刚刚诞生之初，一大批科学家放弃国外优厚的物质待遇，冲破重重阻挠，回到祖国怀抱，用他们的智慧和奉献为中国的科技发展奠定了坚实的基础。茅以升、李四光、竺可桢、童第周、华罗庚、钱学森、钱三强……数不清的科学泰斗，犹如灿烂的繁星在夜空闪耀。甚至，有的科学家还为此献出了宝贵的生命。郭永怀先生就是其中的一位海归科学家。1968年12月5日，他从西北核试验基地乘专机回京向中央汇报进展情况时，因飞机失事而不幸以身殉职。在飞机失事的千钧一发之际，为了保护试验资料，他和警卫员紧紧抱在一起。当抢救人员吃力地把两具遗体分开时，吃惊地发现，那个装满机密汇报资料的文件包还紧紧抱在郭永怀的怀里。

在 23 位"两弹一星"功勋科学家中，他是唯一被授予"烈士"称号的。

我还想起邓稼先。为了研制"两弹一星"，他 35 岁便隐姓埋名，离开繁华的都市，走进大漠深处。这一走，就是整整 28 年！28 年啊，看不见故乡的花开花落，看不见长安街的车水马龙；听不到亲人的殷殷呼唤，听不到妻儿的笑语声声……多少个日日夜夜，他就住在干打垒里，面前永远是如豆的灯光、如血的夕阳，是无边无际的瀚海荒漠、绵延起伏的皑皑雪山。然而，就是在这里，他和他的战友，用生命的灯盏点燃了矢志报国的梦想，用原子弹、氢弹的爆炸声，向全世界宣告了中国科技面貌的地覆天翻！

为了人民的幸福，科学家们身上所表现出来的这种爱国主义精神、无私奉献精神、艰苦奋斗精神、执着追求精神、先天下之忧而忧的精神，不正是他们对"人生与幸福"最深刻的诠释吗？

科学家是当今最可爱的人。这正是我几十年来坚持科学题材创作的原动力。这不仅是出于我对文学艺术的钟爱，更是出于我对科学的尊重，对科学家的敬仰，对社会不可推卸的一种责任，对科学强国梦的一份担当。

1977 年 1 月开始，我一直在方毅副总理身边做秘书工作。长期紧张而无规律的生活，我患上了严重胃病。因为忙，没有时间去医院看病，病情就耽搁了。1979 年 1 月 28 日至 2 月 5 日，我跟随邓小平访美期间胃病发作，9 天行程，疼痛不止，归来不久，就开始便血。经医院检查，已经到了胃癌中后期，而且是毒性最大的低分化胃腺癌，周围十几个淋巴结有转移，在北京医院由吴蔚然院长、周光裕主任密切配合做了胃大部切除手术。接着便是为期五年的化疗，骨瘦如柴，体重下降了 30 多斤，头发大把大把地脱落，精神与身体的压力可想而知。

那年春节，我拜访了身残志坚的钢铁巨人、著名科学家高士其先生，他鼓励我进行科学诗歌的创作，我还拜读了他的很多科普作品，被科学与艺术结合的力量深深地震撼了。对生命的渴望和对真善美的追求，让我再次燃起对未来生活的憧憬。是的，我不能就这样倒下，我才39岁，我必须在有限的时间里用我喜爱的诗歌去充实我的精神家园，像科学家那样面对人生。诗歌能够净化心灵，诗歌可以陶冶性情。生活是这样美好，这样值得珍惜，这样叫人依恋。生命是有限的，在有限的时间里能够多做一些事情，就等于延长了生命。正是这种精神，激励我在生命的每一段时光努力编织对幸福的追求。在那段艰难的日子里，我得到很多中央领导及科学家无微不至的关怀和照顾，同时，也经历了一段剧烈的思想斗争。最终，我下定决心，要以乐观主义的态度同不期而至的厄运进行抗争。于是，在化疗期间，我便重新拿起笔来，开始了艰苦的文学创作。

40多年来，我与科学同行、与艺术同行，不仅战胜了疾病，而且，还能以微薄的奉献报效自己深深爱着的祖国和人民。科学与祖国、科学与人生，是文学创作的永恒主题。让我感到特别欣慰的是，在走进文学的同时，我也用自己的作品证实了生命的价值，体味到人生的意义，实现了对幸福的追求。

胃癌手术后，我先后出版诗歌、散文、纪实文学、科普、文化、影视、思想理论等相关著作及书画集100多部，主编、撰写各类著作200多部，并荣获各种奖励和荣誉。先后出版的20多本讴歌科学家精神的诗集、散文集，填补了用诗歌演绎科学家精彩人生的一项空白。在中宣部、教育部、团中央、中国科学院、中国科协和有关省市宣传部的支持下，殷之光、谢芳、卢奇等40多位著名艺术家在清华大学等全国重点高等院校和中国科学院，举办了数十场"科学与祖国"专场诗歌朗诵演唱会，引起强烈反响，在我国举办这样的朗诵演唱会尚属首次。近几年，由广西科学技术出版社出版的《脊梁：献给共和国科学家的颂歌》《报国：诗画共和国功勋科学家》《热土：献给祖国的颂歌》，被誉为歌颂科学与祖国的三部曲，被很多朗诵艺术家和学校师生以朗诵会、视频、音频的形式广为传播。

其间，我还先后出版了两本诗集《中国精神——汶川抗震救灾英雄颂》《战"疫"之歌》，其中，《战"疫"之歌》英文版 2020 年由美国普利尼斯出版社出版并在全球发行。

回顾 40 多年抗癌斗争经历，我对"人生与幸福"有了更深的感悟。对我来说，有机会与科学同行、与艺术同行，为科学服务、为科学家歌唱，就是最大的幸福。我将幸福简单归纳为一个公式：幸福＝意义＋快乐。是的，幸福其实就是这么简单！

人生苦短。如上所述，在匆匆而过的人生旅途中，我把主要精力放在为科学服务上。我的文学创作活动，也都是为科学立传、为科学家而歌，所以人们也习惯称呼我为"科学诗人"。其实，科学题材与其他题材的诗歌在本质上并无太大差别。在我看来，世界本质上是属于诗的。所有的客观现象和思想情感，都可以用诗歌的形式表达。所以，我在科学诗歌创作之余，同时创作了很多抒情诗歌。诗的题材无处不在，真善美无处不在，关键在于诗人用自己的目光去发现。美，是一切文学艺术的特性和本质。诗歌尤其如此。散文追求诗意美，绘画追求画中有诗，舞蹈被称为"立体的诗"，建筑艺术被誉为"凝固的诗"，音乐中则有交响诗。现实生活中，诗无处不在，烟雨江南是诗，塞北荒漠是诗，大漠孤烟是诗，小桥流水是诗，人的喜怒哀乐、苦辣酸甜都是诗。我在科学诗创作之余，特别是退休之后，完成了几本抒情诗的创作。《诗路放歌》是继《共和国科学家颂：52 位中国科学家的故事》《亲爱的祖国》《热土：献给祖国的颂歌》等诗集之后，完成的又一本抒情诗集，分为"家国情怀""生命恋歌"两部分。其中很多作品被广为传播。

《诗路放歌》这部诗集，除了我坚持创作的科学题材之外，更多是记述我对社会和人生的感悟，涵盖理想、信念、青春、友谊、爱情、生活、风光、名胜等方方面面，记录我走过的多彩人生和心路历程。诗歌，是一种能集中表现丰富的现实生活和抒发情感的文学样式。无论是写科学还是写生活，最根本的出发点和落脚点都是反映时代、传播正能量、讴歌真善美。人们都说写诗难，写出好诗更难。其实最难的还是超越自己。我喜欢挑战自己！如果这本谢幕之作能够给读者，特别是喜欢诗歌的朋友，带来精神的愉悦和耳目一新的感受，便可聊以自慰了。

感谢读者的厚爱！科学与祖国是我永远的依恋。

郭曰方

2023 年 7 月于北京

目录

目录

上卷

家国情怀

作者在作画

我的太阳

啊　我的太阳
你以光辉灿烂的笑容
和持续辐射的能量
哺育着万物生灵的成长
此刻　沐浴着你的温暖
亲吻着你的慈祥
即便是　我以群山作笔
四海为墨
挥洒亿万卷画图
亿万首诗行
都无以表达　对你的
激情赞美
也不知　该如何激扬
所有生命
对你的虔诚敬仰

啊　我的太阳
我不知道　该怎样感恩

你如此慷慨无私的馈赠

和普救众生的大爱无疆

不只是春夏秋冬

不只是雨雪风霜

不只是冷暖阴晴

《春来梅先知》

不只是鸟语花香

也不只是黎明黄昏

也不只是月圆月缺

也不只是斗转星移

也不只是潮涨潮落

其实　每时每刻

你都在辐射能量

为的是　让每一缕光亮

去驱散无穷的寒冷黑暗

用五彩云朵和满天红霞

给曾经裸露荒凉的地球

披上绚烂华丽的盛装

我不知道　是什么力量

给了你亘古不变的初心

照亮天地

唤醒所有的生命睁开睡眼

踏上艰辛的旅途　去精心编织

属于幸福与爱情的甜蜜梦想

于是　芸芸众生世界

你中有我　我中有你

相互依存　相亲相爱

各有各的轨迹
各有各的方向
各有各的色彩
各有各的吟唱
在黑夜与白昼的交替中
用喜怒哀乐　爱恨情仇
演绎繁衍生息的故事
奏响天地玄黄的乐章

啊　我的太阳
我知道　大约五十亿年后
一旦耗尽自己的全部热血
便会
无怨无悔地　走向衰亡
而我　也早已化作尘烟
随风飘散　也许只留下
一首颂歌　一句诗行
依然还在朝你膜拜　为你歌唱
所以今天　我必须把你赐予的
所有热血　所有创造　所有思想
都锤炼成　奋斗不息的利剑钢枪
与一切善良的人　站在一起

去刺破黑暗　劈碎乌云
让太阳的光辉　永远普照
地球上的每一座城镇
每一个村庄
让爱的阳光雨露
滋润每一座高山
每一片海洋
让幸福甜蜜的梦想
如春风荡漾般
吹拂孩子的笑脸
让你输送的红色血液
在每个人的血管里
殷殷流淌

啊　我的太阳
我至高无上的太阳
你看到了吗
此刻　十月一日
迎着黎明的霞光
我站在五星红旗下
站在世界东方
与十四亿骨肉同胞

站在一起
喜马拉雅　那是我
高昂的头颅
黄河长江　那是我
伸开的臂膀
九百六十万平方公里
那是我魁梧的身躯
黄土高原
那是我挺起的胸膛
十四亿中华儿女
齐刷刷挽起臂膀
面向大海
亮开喉嗓
高唱着献给太阳的颂歌
让最响亮最动听的赞美
飞向地球的每一个角落
汇成排山倒海般的声浪

啊　我的太阳
我们要为你欢呼
为你纵情欢呼
我们要为你歌唱

为你放声歌唱

放声歌唱——

叩问苍天

仰望星空
浮想联翩
把酒临风
我叩问苍天
谁能预测
亿万年后的宇宙
将诞生多少新星
一颗颗光彩夺目
亦如我地球母亲
这样俊美娇艳
假如　假如
去拜访河外星系
乘坐光速飞船
需要多长时间
茫茫宇宙　究竟
有没有边界呢
真有外星人吗
长得什么模样

宇宙何时形成

直径九百三十亿光年的

可观测宇宙空间

经历了怎样的

坍塌合并

碰撞演变

才最终演化出

星系的起源

那么多星云

星系　类星体

星系团　甚至

白洞　黑洞

暗物质　离子束

相互吸引　排斥

扭曲　纠缠

是否还在生成

新的天体呢

宇宙变迁

对地球的阴晴冷暖

将会带来

怎样的挑战

时光飞逝
太阳的轮子
每天都在旋转
仰望夜空
那神奇的太阳风
吹拂彗星的长发
它与日晷的
膨胀加热
有何关联
地球的自运转
与地球各圈层
有哪些相互作用
岩石圈的飘移
与裂解　为什么
会激起地球怒吼
与火山的呐喊
那冷却的岩浆
会在地壳表层
凝聚成哪些矿藏
而人类活动
又对地球生态环境
带来怎样的改变

什么时候

我们才能击退癌症

和变异病毒

什么时候

我们才能成功应对

全球气候变化

和环境污染

最终　还给地球

一片绿水青山

什么时候　可以

自如地

对分子进行设计

对原子组装加工

什么时候　能够

完全识别

生命起源的密码

和遗传基因

迅猛发展的信息技术

智能计算

将把人类带向何方

制程几纳米的微小芯片

将托起怎样辽阔的

思维空间
太多太多的科学命题
等待人类去一一解答
太多太多的科学之谜
要我们找到正确答案

啊　仰望星空
叩问苍天
总有　一种梦想
一种使命
一份责任
一个心愿
在我胸中
翻江倒海
仿佛　有无数
高耸的大山
压在双肩
攀登的道路
就是这样
永无止境
科学的航船
就是这样

劈波向前

既然

历史　选择了我们

我们　选择了时代

科学攻关

又何惧山高路远

那么　就让我们

站在这个队列

去实现中华民族伟大复兴的梦想吧

就让我们　高唱

太阳的颂歌

挥洒漫天星斗

去谱写新时代

壮丽辉煌的诗篇

《俺家就在江边住》

人的颂歌 ①

我的双脚　踏在地球

能让崇山峻岭低头

我的双手　竖起指尖

能搅动漫天云朵

更何况　我有一颗

聪慧而高昂的头颅

那思维的电波　随时

都会放射耀眼的光芒

劳动　创造　思考　探索

为生我养我的地球母亲

————————

①这首诗与著名军旅作家杜志民合作。

奉献我的价值　我的承诺
这就是我最大的快乐

我爱太阳
我在太阳与地球之间
追寻美的旋律
我爱光明
我在白天与黑夜之间
采摘爱的花朵
我爱火种
我爱绿色
我爱每一寸生长稻谷的田畴
我爱每一条流淌甜蜜的小河
当然　我更爱生命
更爱生活
我爱每一滴辛勤耕耘的汗珠
我爱每一个斟满幸福的笑窝

我厌恶黑暗
我厌恶欺诈
我厌恶杀戮
我厌恶掠夺

我向往自由的阳光
我祈愿和平的生活
因此　我最懂得
创造的价值
一片绿叶
一颗谷粒

《等你》

都是我汗珠的凝结
一枚螺钉
一颗芯片
都是我心血的浓缩
让爱化作绵绵春雨
去滋润万物生长

我的历史
是一部创造的历史
我要用握过燧石与骨针的大手
去叩响宏观与微观的大门
我要用踏过荆棘与荒野的双脚
去攀登现代文明的玉楼琼阁
我期待登上月球
潜入海底
踏遍沙漠
飞向银河
飞向宇宙的
每一个空间
每一个角落

在这个世界

在这个宇宙

我与亿万万劳动者站在一起

如巨柱擎天

一个普普通通的人

站进奋斗的队列

也会变得如此伟大

如此巍峨

世界　因我而五彩纷呈

宇宙　因我而无限辽阔

我脑子的矿藏

随着岁月的积累加厚

我心灵的矿井

贮满美妙的生命之歌

啊　我的太阳

我的地球

请以钻木之火

点燃我的激情吧

请用奔腾江河

奏响我的颂歌吧

此刻　站在旭日冉冉升起的东方

我以人的名义
与大海一起呼号
我要喷薄
我要喷薄
我要喷薄——

劳动万岁

五月一日　这一天　我很想
把大地　天空　高山　海洋
把每一片云彩　每一缕阳光
每一棵小草　每一缕芳香
甚至把每一种语言　文字
所有的奋斗　幸福　理想
统统都化作　闪光的诗行
都挥洒成激情澎湃的乐章
与地球村的公民一起
为全世界的劳动者放声歌唱

是的　必须为劳动者歌唱
从亘古洪荒　到当代文明
是劳动者的汗水
浇灌了地球的峥嵘岁月和繁荣兴旺
我不知道　我无法知道
穿越远古洪荒的漫长岁月
和地壳板块惊心动魄的碰撞

有多少微生物动植物消失了

更无法知道　是怎样的遗传基因

通过融合演化　乃至突变　繁衍

才谱写出今天这样令人眼花缭乱

令人惊叹不已的华章

曾经刀耕火种

曾经挥汗如雨

曾经血流成河

曾经金戈铁马

曾经儿女情长

生命在汗水中发芽

希望在汗水中发芽

苦难在汗水中流淌

幸福在汗水中流淌

笑容在汗水中绽放

梦想在汗水中绽放

有谁能够告诉我　回答我

一滴滴汗水　泪水　血水

浸泡了多少爱恨交织的记忆

又有谁能够展望　未来世界

劳动者的心血汗水和智慧创造

将迸发怎样灿烂耀眼的光芒

啊　我歌唱劳动者
我歌唱劳动的汗水
茫茫宇宙　我们的地球
岂不是一颗小小的水珠
那是劳动汗水的闪光
那是地球生命的闪光
劳动与汗水　不仅仅滋润着
地球这一束生命蓬勃的花朵
总有一天　我们地球人
也会飞向那遥远的太空
我们　将会用坚实的臂膀
用智慧　用汗水　用力量
让宇宙太空的每一个角落
都充满醉人的鸟语花香

啊　我的太阳　难道你也是
宇宙中一滴　蒸腾的汗珠吗
告诉我　请你告诉我
那些伟大的劳动者
现在身居何处　哪个星系
要不　为什么那么多星星
甚至　星系的星系

月亮的月亮　仿佛

都与我们　站在一起

笑眯眯地睁大眼睛

在为劳动歌唱

在为未来歌唱

啊　听到了　我听到了

你肯定也已经听到

此刻　从宇宙星空深处

从未可知的远方

正传来那阕穿越时空

响彻苍茫太空的回响

劳动万岁

劳动万岁

劳动万万岁——

拥抱五月

拥抱五月
我拥抱了一个
酿造甜蜜的季节
春风　雨露　阳光
奏响光合作用的序曲
和激情澎湃的乐章
每一片叶子都在鼓掌
甚至连盘旋于蓝天的苍鹰
也在扇动硕大的翅膀
丈量着丰收的喜悦

一切都在生长
一切都在成熟
瓜果飘香的日子
在微风中播撒甜蜜
大路上　姑娘们你追我赶
就像叽叽喳喳的喜鹊
把歌声笑语撒满原野

那是谁家小伙站在田埂
驻足聆听姑娘的歌声
夕阳的余晖下
被勾勒成一幅速写

这是挥洒汗水的季节
这是播种爱情的季节
这是迎接丰收的季节
这是绽放希望的季节
五月的中国
每一片天空
都莺歌燕舞
每一片土地
都壮怀激烈
没有任何力量
可以阻挡　我的祖国
向着繁荣富强的未来迈进

此时此刻
我必须与劳动者
站在一起
与所有的收获者

站在一起　并且

用灿烂的阳光

用飞扬的激情

为五月　写一首小诗

托付白云

带向远方

我要邀请世界

来看看中国五月的笑容

感受一下黄土地的温度

摸一摸这里的江河湖海

是怎样浩浩汤汤　不舍昼夜

奔流着孕育生命的热血

五月　五月的中国

中国的五月

是地球跳动的脉搏

是劳动创造的笑靥

那么　就让我们

与世界一起　伸开双臂

选择五月

歌唱五月

去拥抱五月的中国

去拥抱中国的五月

香山的灯光

香山的灯光
西花厅的召唤
犹如巨大的磁石　吸引着
科学家矢志报国的视线
钱学森冲破一千八百多个
黑夜的囚禁　终于踏上
赤子归航的客船
赵忠尧　被锁进
日本巢鸭监狱
面对黑色枪口
他说　即使枪毙了
我也决不去台湾
郭永怀欲归不能
将科学文稿　愤然
投进烈火　他对妻子说
国家需要的科研数据
全部都深藏在我的脑中
李四光乔装打扮

拿着一份报纸

偷偷躲进归航的船舱

华罗庚回来了

朱光亚回来了

钱三强回来了

邓稼先回来了

…………

两千多位海外赤子

犹如翻腾的浪花

一起涌向

祖国母亲的身边

一个名字

一颗耀眼的星星

一副肩膀

一座巍峨的高山

科学的队伍重新集结

科学的攻关捷报频传

他们　用心血汗水

浇铸着共和国强盛的根基

他们　用爱国奉献

谱写着惊天动地的诗篇

在战争废墟上站起来的

新中国　终于容光焕发地
屹立在世界东方的地平线
今天　我们取得的每一项成就
都凝聚着先辈的心血
今天　我们创造的每一个奇迹
都饱含着先贤的期盼
他们　才是真正的民族脊梁
他们　才是我们学习的典范
让我们记住　永远记住
他们的名字
让我们歌唱　放声歌唱
他们的贡献

不要忘记　永远不要忘记
是香山的灯光
指引我们　从胜利走向胜利
是中国的科学家
用心血汗水　用爱国奉献
给共和国的科技大厦
铺下坚实奠基的方砖

共和国的拓荒者

是的　我们不会忘记过去
忘记过去　就等于背叛
我们今天走过的
每一段历程　都是
前人脚步的延伸
我们今天创造的
每一个奇迹　都浸染着
先辈的血汗
我们不会忘记
是共和国的拓荒者
在我们的血管里
注入的力量
我们不会忘记
共和国的科学家们
高举科学的旗帜
闯过激流险滩
我们坚信　总有一天
这片辽阔的黄土地

会长出骄傲

长出富裕

长出幸福

长出甘甜

我们的领袖

面对苍茫大地

巍巍群山

心潮逐浪

我们的科学家

手扶着眼镜

在共和国的版图上

重重地画上了红线

李四光登高望远

提出了陆相生油理论

要让滚滚油河

流进现代化的血管

难道李四光有一双

"火眼金睛"

要不　为什么

他用铅笔一点

就是一片油海

一座矿山

竺可桢　七十多岁高龄
还拄着拐杖　挽起裤腿
深入森林沙漠
他说　他是一粒石子
一棵红柳
为了祖国的绿水青山
即便是倒在深山峡谷
也死而无憾
钱学森忠心赤胆
为了中国龙冲天而起
他斩钉截铁地
向毛泽东主席保证
别人有的　我们同样会有
自己的"两弹一星"
钱三强报国心切
十一年海外生涯
历尽颠沛流离　二战烽烟
故国的别情离恨
时时刻刻　都撞击着
他的心弦
他说　为了祖国
宁可粉身碎骨

也要让生命的原子能

爆发惊天动地的裂变

啊　为实现科学强国之梦

在那创业拓荒的年代

有多少这样的先辈

有多少这样的典范

他们废寝忘食

他们卧薪尝胆

他们无怨无悔

他们无私奉献

用声波　用粒子

用符号　用图线

在荒芜的土地上描绘理想

用催化剂　用同位素

用高分子　用生物链

在初春的原野抒写诗篇

他们用稻穗　用树叶

用神经细胞　用遗传基因

编织新生活的美景

用贝壳　用岩石

用沙漠　用冰川

探索人类与自然

和谐共存的谜团

他们用自力更生

用艰苦奋斗

用团结合作

用科学精神

为我们竖起光辉的旗帜

他们用意志

用智慧

用责任

用信念

为我们扬起胜利的风帆

为共和国的科学奠基

为共和国的振兴奠基

为共和国的荣耀奉献

为共和国的强盛奉献

有多少感人的事迹

有多少生命的礼赞

记住他们的名字

就记住了　新中国的

科技创业史

记住他们的贡献

就记住了　科教兴国的

伟大实践

当然　我们更应该记住

他们用江河　森林

用石油　矿山

用阳光　雨露

用原子　细胞

用不屈不挠的精神

用创新超越的勇敢

为航天飞船

为科技腾飞

开足了马力

于是　我们才有了

今天的荣耀

才有了　足够的勇气

去迎接严峻的挑战

科学攀登　是一条

永无止境的险路

只有　勇于攀登

而不畏劳苦的人

才能　最终登上

那光辉的峰巅

记住吧　让我们永远记住

科学家的历史责任
科学家的神圣使命
建设社会主义现代化强国
实现中华民族伟大复兴的中国梦
今天　仅仅是一个
策马扬鞭的起点

戈壁滩蘑菇烟云

那是多么激动人心的时刻

那是怎样气壮山河的瞬间

1964 年 10 月 16 日下午 3 点

罗布泊上空　山呼海啸般

升起巨大的蘑菇烟云

耀眼的裂变之光

令骄阳黯然失色

骤然迸发的巨响

震撼着整个青藏高原

我们的战士　工人

冲出掩体

我们的工程技术人员

跃上沙丘

很多科学家掏出手帕

不停地　擦拭着泪眼

欢呼声　跳跃声　锣鼓声

汇成滚滚春雷

乘着无线电波　传遍了

长江南北　黄河两岸

森林为之鼓掌

高山为之敬礼

大海为之喝彩

花朵为之吐艳

云霞般舒卷的猎猎红旗

呼啦啦　映红了

咱中国人的笑脸

是的　那是震撼世界的巨响

那是开天辟地的巨响

那是民族精神的升华

那是国家实力的宣言

为了这一刻　有谁能够知道

我们的科学家　将生命的热血

怎样抛洒在戈壁荒漠

为了这一刻　他们餐风饮露

又经历了多少次生死考验

他们　舍小家而顾大家

几十年隐姓埋名

无怨无悔　心甘情愿地

扑向核试验攻关的前沿阵地

创造了惊天地泣鬼神的业绩

涌现了多少无私奉献的典范

那是 1958 年 8 月
一个盛夏的夜晚
三十四岁的邓稼先　刚刚下班
他推开家门
亲了亲四岁的女儿
两岁的儿子
便独自坐在沙发上
无心吃饭
妻子悄声问道
"稼先，是不是有什么事啊？"
"我要调动工作了。"
"啊？调到哪里呢？"
"我也不知道，反正很远。"
"干什么工作呀？"
"我不能说。"
"哦，那么，到了新地方，
给家里来封信，行吧？"
"这，恐怕不行，很难。"
妻子沉默很久
不好再问　有点儿茫然不安

邓稼先　抬头看了看妻子
动情地说："今后
我就顾不上这个家了。
我的生命
就交给新的工作了。
就是为它死了，也值得。"
从此　邓稼先便隐姓埋名
与风沙搏斗
与冰雪做伴
他把青春的热血
泼洒在浩瀚的罗布泊
他把生命的种子
播进辽阔的青藏高原
以坚挺的脊梁　毅然扛起
原子弹试验现场总指挥的
千钧重担
多少个日日夜夜
多少个通宵达旦
他率领一群年轻的伙伴
攻坚原子反应理论
每天　靠着陈旧的手摇计算机
甚至　拨弄着古老的算盘

几十吨运算图纸

竟堆成了一座小山

没有高性能计算机

没有氟油　没有真空阀门

没有高能炸药　甚至没有

香喷喷的白馒头　大米饭

每天只有窝窝头　咸菜

苦菜根　搅拌着风沙

与为国争光的坚定信念

一起下咽

但是　就是这一盘盘咸菜

一个个窝窝头

却托起了　祖国人民的重托

托起了中国核试验的地覆天翻

在国家那三年困难时期

我们的科学家　就是这样

用满腔热血　用卧薪尝胆

浇灌出中国热核裂变之花

浇灌出　咱中国人的骄傲

咱泱泱中华的光荣与尊严

它告诉世界　我们中国人

不仅　曾经托起五千年的文明

托起过长城　故宫
今天　我们同样能够托起
火箭　卫星　和通向宇宙的
载人飞船

科学春天的誓言

是的　往事并非如烟
我们每个人心中　都珍藏着
许多记忆　许多思念
甚至永远　都无法忘却的
那种刻骨铭心的眷恋
此刻　当我们伫立船头
看千帆竞发　旌旗猎猎
听鹰击长空　惊涛拍岸
胸中荡起的　是山呼海啸般的
壮志豪情
灿烂的笑容　犹如
漫天红霞
在我们的面颊上舒展
我们不会忘记　当年
从南湖红船出发的
中国共产党人　今天
又率领十四亿中华儿女
阔步踏上　实现中华梦圆

万里长征　新的起点
我们不会忘记
四十多年前　当科学攀登的
千军万马　浩浩荡荡
从春天的原野出发
神州大地　曾经到处激荡着
振兴中华　那气壮山河的呐喊
我们更不会忘记
那位播种春天的老人
曾以怎样洪亮的四川口音
在人民大会堂　庄严发出
科学技术是第一生产力的历史性宣言
他说　把科学技术搞上去
他愿当好大家的后勤部长
在国与国综合实力的竞争中
我们中国人　必须争取时间
为世界和平发展　作出自己
应有的贡献
那声音　如滔滔暖流
激荡着科学家的胸膛
那声音　如潇潇春雨
润湿了人们的笑脸

那一刻　多少人拍红了手掌

多少人　热泪盈眶

身患重病的郭沫若院长

坚决要求　坐着轮椅

出席科学大会　激情满怀地

去拥抱科学的春天

如今　当我们站在

这鲜红的党旗下　抚今追昔

又怎能不心潮澎湃

感慨万千

感慨　科学春天播下的种子

已经瓜果满枝　硕果累累

感慨　科学技术给伟大祖国

带来的欣欣向荣　地覆天翻

你看　我们的嫦娥探月工程

把千古神话变为现实

我们的火箭　卫星　飞船

用闪光的弧线　在茫茫太空

画出了多少漂亮完美的圆圈

我们的航空母舰

我们的载人航天

我们的北斗导航

我们的洲际导弹
我们的量子通信
我们的蛟龙探海
我们的问天实验舱
我们的天宫空间站
啊　太多太多的创新成就
太多太多的超越领先
如雨后春笋　层出不穷
让全世界　都刮目相看
我们的高速列车　风驰电掣
我们的高速公路　四通八达
我们的三峡大坝　横空出世
我们的秦山核电　拔地参天
我们的基因图谱　绚丽多彩
我们的智能计算　妙如神仙
我们的杂交水稻　点头含笑
我们的气井油田　波涌浪翻
"863 计划"的顺利实施
知识创新的成功实践
原始创新的高新技术成果
知识产权保护的日益完善
科学技术　已经走进每个家庭

智能技术　渗透人们的生活空间

小小手机　瞬间便联通五湖四海

万水千山　也阻隔不断遥远思念

只要用手指轻轻敲击键盘

足不出户　便能纵观世界风云变幻

曾经积贫积弱的中华民族啊

正以前所未有的信心勇气

躬身在高速腾飞的起跑线

我们的科学家　时时刻刻

都铭记着科学春天的誓言

他们万众一心　披肝沥胆

众志成城　奋勇登攀

在九百六十万平方公里的土地上

精心描绘小康社会的蓝图

为建设世界一流科技强国

去谱写更加壮丽辉煌的诗篇

科学攀登的道路没有止境

山高水远　前方依然耸立着

连绵起伏的层峦天险

科学探索的航船　劈波斩浪

远方　还蜿蜒着多少峡谷险滩

既然　历史选择了我们

注定成为科技攻关的战士

那么　任凭关山万重　风云变幻

又岂能阻挡我们勇往直前

啊　十四亿　十四亿中华儿女

齐刷刷举起　森林般的臂膀

指尖上闪耀的　是日月星辰的光芒

双肩扛起的　是咱中国龙的荣耀

龙的胆魄　龙的雄风　龙的尊严

《春来婺源》

走向新的辉煌

历史　又匆匆翻过一页
日出东方　在地平线上
又画出一个大大的圆圈
面对综合国力的激烈较量
百年未有之大变局的挑战
瞄准世界科技前沿目标
部署创新超越发展战略
我们必须戒骄戒躁　登高望远
在雄鸡报晓的中国版图上
我们要自己动手　精心设计
更加灿烂辉煌的明天

此刻　当我们仰望星空
看茫茫宇宙　迢迢河汉
还有多少未知的科学命题
又有多少需要破解的答案
七十余年的科技成就
七十余年的科学档案

七十余年的壮丽航程
七十余年的惊天巨变
改革开放的大潮
从来没有像今天这样
汹涌澎湃
共和国的旗帜
从来没有像今天这样
夺目鲜艳
意气风发的中华民族
从来没有像今天这样
扬眉吐气
穿云破雾的东方巨龙
从来没有像今天这样
卷起狂澜

问茫茫大地
问昊昊苍天
问滔滔江河
问巍巍群山
有什么力量
能够阻止我们所向披靡
有什么困难

能够挡住我们勇往直前

实事求是

探索真理

崇尚科学

奋勇登攀

是我们战无不胜的法宝

勤于思考

勇于实践

踔厉奋发

无私奉献

是我们创造奇迹的指南

光荣的传统

先辈的风范

我们要继承发扬

人民的期待

时代的召唤

我们要牢记心间

让我们跟随先辈的足迹

高扬共和国胜利的旗帜

去创造更加美好的明天

明天属于我们

我们就是明天

明天属于我们
我们就是明天
我们就是明天

嘉峪关城楼抒怀

荒漠　收起了野性
暮色　在悄悄合拢
夕阳　点亮漫天星斗
夜幕　映出城楼剪影
当我登上城楼
已看不见狼烟烽火
刀光剑影
也听不到鼓角连营
战马嘶鸣
唯有角楼上的风铃
叮咚　叮咚　叮咚
忽高忽低　时远时近
摇动着那沧桑岁月
在戈壁荒漠
发出绵长悠远的回声

此刻　当我踏着斑驳石阶
盘桓而上

脚步　沉重又不失轻松
极目远眺
万里长城
如腾空巨龙
仰天长啸
八百里秦川
似孔雀开屏
景色迷人
皑皑雪山
银蛇飞舞
次第点亮的
万家灯火
忽暗忽明
像颗颗宝石
镶嵌在夜空

啊　嘉峪关
随风而去的驼铃声
已渐行渐远
长河落日
大漠孤烟
岑参　高适　王昌龄

那些边塞诗人

如果尚在

也无须再来这里

策马行吟

俱往矣

放眼远望

西去的列车

风驰电掣

酒泉卫星

遨游太空

我分明看见

一个伟大民族

昂首九天

再次启程

于是　我用双手

轻轻抚摸着

嘉峪关城墙的

每一块方砖

并且　细细品味着

长城文化精神的厚重

昨天　既然　我们的祖先

能用血水泪水　智慧勇气
创造震惊世界的文明奇迹
今天　同样　十四亿中国人
能用团结创新超越的精神
实现中华民族的伟大复兴
长城　不仅横亘在中国大地
也永远矗立中华民族的心中

黄鹤楼抒怀

白云悠悠
涛声依旧
黄鹤引颈
自千古江楼
振翅高飞
凝睇万里神州
舟楫竞渡
百舸争流
泱泱中华
风雨过后
又见云蒸霞蔚
彩泼锦绣

登楼远眺
把酒临风
叹故人西去
空留帆影
念天地之悠悠

独怆然而涕下
愿随先贤
驰骋八荒
助我中华
鹏举九重
待复兴梦圆
再凭高楼

地球之殇

夜幕低垂
有那么多星星
挂在夜空
仿佛　仿佛总在
笑眯眯地
眨着眼睛
世界　如此安详
而宁静

偶尔　会有流星
划过天际
她去寻找什么
那样步履匆匆
呀　那不是彗星吗
优雅地　甩起秀发
是去约会
还是　去太空旅行
那婀娜多姿的身影

让所有的星星
都瞪大了眼睛
好美好美的
良辰美景

感激上苍
赐给人类
一个地球
一颗太阳
一轮明月
一片星空
我们才得以拥有
这一方净土
一隅文明
这里　才有了
绿水青山
鸟语花香
才有了　春夏秋冬
月白风清
更有了　喜怒哀乐
悲欢离合
幸福家园

至爱亲情

太阳　月亮　星星

总是　用慈爱的目光

俯瞰着人间冷暖

以博大宽广的胸怀

守护着地球上的

芸芸众生

此刻　当你

从太空俯瞰地球

啊　小小的地球

亦如　一滴水珠

然而　就是这样

一滴晶莹的水珠

却孕育着八十亿

各色人种　他们

各有各的轨迹

各有各的憧憬

各有各的追求

各有各的人生

所以　多彩世界

才如此美好

才如此　美妙和谐

其乐融融

亲爱的朋友

仰望星空

我们真该

好好想想

应该怎样

爱护地球

珍惜生命

珍惜来之不易的

大千世界

珍惜我们拥有的

和平安宁　本来

大家共聚一室

并无高低贵贱

无论肤色

无论男女

都应该互相尊重

人人平等

伟大的未必伟大

渺小的未必渺小
羸弱的未必永远羸弱
强盛的未必永远强盛
国与国　无论大小
都应该　相互尊重
共同发展　合作共赢
因为我们共同拥有的
只有一个地球母亲
我们共同守护的
也只有这一片天空

然而　此刻　当我
环顾满目疮痍的地球
日益严重的气候变化
此起彼伏的炮火硝烟
我却忍不住泪光莹莹
啊　我的太阳
我的星空
你可看到　当今世界
这触目惊心的情景
病毒猖獗
灾害频仍

饥荒贫困

民不聊生

甚至　甚至还有

弱肉强食

霸权横行

如此频发的血雨腥风

天灾人祸　造成了

多少家庭妻离子散

多少孩子失去生命

多少物种濒临灭绝

多少绿洲寸草不生

江河断流

农田荒芜

往日　百鸟争鸣的春天

竟变得　死一样寂静

为什么　为什么

这究竟是为什么

面对地球之殇啊

我不禁泪流满面

我的心　也禁不住

隐隐作痛

一切善良的人啊
让我们团结起来
应对气候变化
反对零和博弈
保卫地球
保卫正义
保卫和平
保卫人类共同拥有的
这一片明朗的天空
行动起来
让我们行动起来
全力投入　这场
拯救人类生存环境的
殊死斗争

穿　越

在冥冥黑暗中诞生
命中注定　你必须
挺起腰杆　去穿越
风雨人生

站立　摔倒　爬起
再摔倒　再爬起
跌跌撞撞　磕磕碰碰
即便是遍体鳞伤
你也要　迈开步伐
踏上旅程

有多少阴晴冷暖
有多少春夏秋冬
有多少江河湖海
有多少崇山峻岭
有多少苦辣酸甜
有多少爱恨情仇

有多少生死别离
有多少血雨腥风
你必须　勇往直前
才能山重水复
柳暗花明　最终
取得成功

不要气馁
不要悔恨
不要怨天尤人
不要举棋不定
花开花谢
潮涨潮落
青山不老
绿水长流
踏过崇山峻岭
穿越沧桑岁月
百年风雨征途
你会永远年轻

啊　朋友
选择正确方向

选择理想光荣
选择踔厉奋发
选择顽强斗争
穿越是箭
穿越是弓
穿越是梦
穿越是灯
只有坚持不懈
勇于穿越的人
才能无往不胜
赢得精彩人生

旋　转

仰望夜空
星光灿烂
偶尔　会有流星
划过长天
日出日落
风雨雷电
大地　海洋　天空
沙漠　草原　冰川
甚至　每一片云朵
一道小溪　一条小路
一棵小草　一缕炊烟
每片树叶　每朵花瓣
每双眼睛　每张笑脸
随着地球母亲的脚步
都在茫茫宇宙空间
优美而和谐地旋转

其实　宇宙本来就是一个

旋转的舞台　太阳　星月

黑洞　白洞　生命　时空

坍塌　合并　交叉　纠缠

都在旋转中　寻找永恒的支点

地球也不过是一颗小小的行星

无论是白皮肤　黑皮肤　还是黄皮肤

无论白发老翁　还是青春少年

面对大千世界　风云变幻

或冷暖阴晴　或苦辣酸甜

或大路朝阳　或峻岭高山

战争　和平　灾害　疾病

友谊　爱情　酷暑　严寒

既然我们有缘在同一个舞台相遇

都在旋转中追赶幸福　追赶明天

那么　为什么　就不能彼此

和谐和睦友好友爱地相处呢

给他人多点儿微笑　多点儿温暖

这样　我们赖以生存的地球

在茫茫宇宙中就会花枝烂漫

永远神采奕奕　舞姿翩跹

啊　亲爱的　请把你的手
搭在我的肩头　让我们
伴随着多姿多彩的世界
一起歌唱　一起旋转
旋转星空　旋转时间
旋转腰肢　旋转笑脸
让七色的灯光　动听的旋律
飘逸的裙裳　飞扬的发辫
甜蜜的微笑　温柔的目光
乃至每个人手与手的温度
心与心的交谈　都在美丽的
旋转中　寻找那个平衡的支点
假如　我们每个人都拥有一片
爱与美的天空　那么地球村
人类共同拥有的美丽家园
未来该会是怎样的幸福美满
并且海阔天空　风光无限啊

朋友　请我们一起把臂膀
搭在日月星辰的肩头　旋转
用微笑　宽容　尊重　友善
携手并肩　旋转起美妙和谐

在有序或者无序的旋转中
我们应该　而且必须记住
爱　才是永恒不变的支点

春　风

是谁在轻轻
拍打我的窗棂
晨光撩开夜的帷幔
我被春风唤醒

你好　春风
你可知道
等你　我等了
整整一个寒冬
昨夜　那场暴风雪
刚刚远去
你便日夜兼程
走进我的黎明

灾情　疫情
曾经如此残酷地
蹂躏我的祖国
夺去了　多少

宝贵生命
是你　给我们
带来曙光
带来笑容
也带来　对新生活
美丽而诱人的憧憬
那么　就请你打开
我的歌喉　拨动
我的声线
让我为你唱一首
春的颂歌吧
我多么渴望
我的诗句　插上翅膀
与彩霞齐飞
与日月同行
在大地　海洋　天空
尽情挥洒　我的感激
我的心声

我要把我的文字
排列成行
跟随你的脚步

去春天旅行

你看　春笋钻出了土层
梅花绽开了笑容
极目远望　辽阔的草原
羊群如云　骏马飞奔
侧耳倾听　远方
已隐约听到　春雷
滚动的声音
每一片土地
每一粒种子
每一棵小草
每一个生命
都在残雪下萌动
一切都在复活
一切都在萌生
你用温暖的手掌
抚摸　每一张笑脸
你用绵绵柔情
润湿　每一颗心灵
红橙黄绿青蓝紫
是你　用神奇的画笔

挥毫泼彩
起笔落笔之间
祖国大地
已是　万紫千红
你听　你听
汽笛　在放声歌唱
车轮　在飞速转动
江河　湖泊
群山　峻岭
道路　田埂
村庄　城镇
处处莺歌燕舞
处处春潮涌动

啊　春风　你还是
天才豪放的指挥家
你用灵巧的手势
优美的形体语言
激荡美的旋律
奏响爱的和声
诗在流动
画在流动

情在流动
爱在流动
那么　就让这浩荡的春风
吹得更猛烈些吧
我的祖国
我的同胞
又一次　穿越风雪严寒
击退灾情疫情
开始新的长征

春天来了
春天来了
没有谁能够阻挡
春的脚步
没有谁能够扑灭
春的热情
春潮　在为我们轰鸣
春风　在为我们送行
让我们伸开双臂
去拥抱这个春天
去播种新的收获吧
朋友啊　请你

伏在地上听听
仔细听听　是否
也听到了　春天
那前进的脚步声

《春来江畔柳如烟》

春　雨

就这样　轻轻地
悄无声息地
将绵绵柔柔的春意
播撒在干渴的土地
小草悄悄钻出地面
探着脑袋
四处张望　微风
为她擦干一串串
笑醒的泪滴
所有的树林
所有的村庄
都在梳妆打扮
急不可待的小河
哗啦啦　唱着小曲儿
一路奔跑　给人们
传递春的消息

撑起一把小伞

我在雨中行走
任凭　淅淅沥沥
落下的雨点
打湿了风衣
真好　感觉真好
所有的希望
所有的美丽
都在静默中绽放
一朵朵飘过的云
用画笔　将黄土地
濡染得满眼青绿
你听　小燕子
叽叽喳喳
在唱着什么
伴着雪花般飘舞的
柳絮
我的梦　也开始
起飞

于是　我索性
收起小伞
徜徉于烟雨之中

我仿佛看见

小路　原野

村庄　远山

都被春雨写满了

迷人的诗句

啊　春雨

就这样　多情地

洗亮了春天

播下甜蜜

也满怀希望地

托起　又一个

丰收年的期许

春暖花开

终于穿越疫情封锁
穿越　又一个寒冷
而漫长的冬季
此刻　我多么渴望
春暖花开　渴望
春风春雨
当明媚的阳光
撩开漫天乌云
抚摸每一张笑脸
每一道田埂
我便迫不及待地
冲向原野　扑进
春的怀抱
伸开双臂
去拥抱自由
拥抱蓝天
拥抱爱情
拥抱诗意

拥抱久违的清新
拥抱苏醒的大地

一切都在复苏
一切都在流动
那冻僵的小河
又开始唱歌
那岸边的垂柳
又悄悄泛绿
一丛丛红梅
努起嘴唇
吻着春的面颊
一片片杏花
仰起笑脸
绽放春的美丽
每条道路
每条小溪
每座村庄
甚至　每扇门窗
都飞出春的笑声
都跃动春的旋律

啊　你好　春天
你好　我的祖国
此刻　当我站在
春的门槛　细细
聆听你的足音
轻轻地　暖暖地
滑过我的思绪
真的　我无法
拒绝你的魅力
真想　真想立即
躺在你的怀里
仰望蓝天白云
放飞我的激情
挥洒我的痴恋
感受你的爱意
那么　就请你
快快融化我吧
把我的渴望
我的期许
你的芳香
你的美丽
都融为一体

只待　只待秋风

乍起的时候

祖国辽阔的大地

齐刷刷地　翻腾着

多彩的波浪

那时　我会再次

环绕着你

拥抱着你

为你舞蹈

为你放歌

啊　春风化雨

啊　春华秋实

泱泱中华大地

遍地瓜果飘香

处处欢声笑语

每一片田垄

都堆满了喜悦

每一道沟渠

都流淌着甜蜜

我们伟大的祖国

击退灾害瘟疫

穿越狂风骤雨

依然器宇轩昂地
屹立在世界屋脊

我骄傲　我自豪
我是中华儿女
我是中华儿女
我是你的十四亿分之一

《近山雀屏开，连峰带云没》

高速列车

坐了几十年的绿皮火车
似乎　早已经习以为常
走走停停
咣当　咣当
咣当　咣当
摇醒了晨曦
晃睡了夕阳
一觉醒来
揉揉　惺忪的睡眼
不觉已是白发苍苍

此刻　站在时光路口
眼前突然一亮
呀　那是闪电吗
划破长空
还是一道彩虹
落进村庄
顿时　惊得我

目瞪口呆
群山拨开云雾
也在探头张望
那是谁家老汉
佝偻着腰身
跑出村口
两个巴掌拍得山响
快看　快来看哪
火车　火车
老天爷呀
这是啥子火车嘛
莫非长了翅膀

列车在飞
人们在笑
高山在舞
大河在唱
是呀是呀
这就是　高速列车
咱中国的高速列车
正装满梦想
向未来飞翔

飞啊　飞啊

飞驰在神州大地

飞驰在世界中央

《当属人间仙境》

根的自白

我是根　我的家族

密如蛛网

感恩地球

感恩太阳

就像慈爱的父亲母亲

孕育了我的青春梦想

于是　我拼尽全力

在黑暗中上下求索

把祖祖辈辈的嘱托

时刻都牢记在心上

于是　抓住一切生机

我积蓄足够的营养

并且储备全部能量

我的最大愿望

就是竭尽全力

支撑所有生命

能够茁壮成长

为我深深爱着的大地

披上七彩斑斓的裙裳

参天大树

摇动着蓝天白云

万千鸣禽

在林海纵情歌唱

荒漠胡杨

阻挡漫天尘暴

稻菽千重浪

播撒遍野花香

那正是我亿万年

梦寐以求的初心

当初　我的祖先

穿越二十五亿年的

亘古洪荒

四十五万多个物种

遍布全球

没有任何力量

能够阻挡

也不可能阻挡

我们繁衍生息

开花结果

酿造甜蜜的热望

当然　有一天
我也会　渐渐老去
那时　我甘愿化作
熊熊烈火
燃尽最后一束光芒
那噼噼啪啪
飞溅的火焰
便是我的微笑
生而无怨
死也无妨
因为　我一生奉献的
不仅是　花的芳香
和生命的吟唱
更是　不屈不挠的
根的追求
根的向往
根的精神
根的信仰

看吧　当生机勃勃的世界
被我高高　高高地举起
极目远望　绿满天涯

当五亿多平方千米的
地球　翻腾着欢乐的波浪
我又多么　多么渴望
有一天　把我的梦想
也种植在浩渺的宇宙太空
那时　我将用温柔的手掌
去轻轻抚摸　星星　月亮
甚至还有　那未知的更远
更远的远方——

我骄傲　我自豪
我是根的后代
我为我的家族骄傲
我为我的信仰骄傲
我为我的价值自豪
我为我的梦想自豪
我要把全部生命
交给生我养我的地球
我要把我的全部热血
献给哺育我成长的太阳
绽放最美的花朵
奏响最美的乐章

生命不息

奉献不止

我无上荣光

无上荣光

无上荣光——

开花的树

春回大地
满眼葱绿
竞相绽放的花朵
忍不住爬上树枝
努起红红的嘴唇
争着炫耀自己
哈哈　假如没有
我灿烂的笑容
没有花香鸟语
这春天的景色
怎会如此美丽
这春天的原野
该会多么沉寂

然而　一棵大树
却站在那里
沉默不语
就像　饱经风霜的智者

用苍老的根须　紧紧地
拥抱大地
因为　它知道
花开花谢
春风秋雨
假如　没有大地
辛勤哺育
假如　没有树根
苦苦寻觅
何来莺歌燕舞
何来春光旖旎
何来繁花似锦
何来瓜果桃李

蓦然间　一阵狂风
扫过树林
只见树下
落红如雨
树干　谦卑地
弯下腰来
任凭狂风呼啸
它宁愿与树根

抱在一起
生死相依
如此情景
让落花　羞愧得
无地自容　于是
便悄悄潜入草丛
化作了春泥

啊　春天来了
春天来了
一排排大树
挥舞着手臂
齐刷刷站在一起
我仿佛看见它们
迎着灿烂的阳光
以春天的名义
向着蓝天
向着大地
致以　最虔诚
最崇高的敬礼

于是我想

其实　我们每个人
都像一棵　开花的树
是高是低
是粗是细
花多花少
叶疏叶密
是生在江南水乡
或长在荒原戈壁
是匍匐于深山峡谷
还是扎根旷野沟渠
这些并不重要
重要的是
无论何时何地
都不要忘记
哺育我们成长的
这片土地

那么　就让我们
牢记祖国母亲的嘱托
始终与人民站在一起
同心协力　撑起
阳光明媚的春天

让生命的花朵

绽放得　更加鲜艳

更加芬芳

更加灿烂

更加美丽

枣花飘香

一夜暖风
枣花飘香
晨光　挥毫泼彩
把田野染成金黄
放眼望去
麦浪滚滚
此起彼伏
广袤无垠的原野
犹如金色的海洋

是从何处传来
布谷鸟的啼鸣
布谷　布谷
银铃般的叫声
被飘来的白云
撒满了山岗
醉了　初夏的田野
醒了　酣睡的村庄

那是谁家老汉

捋着飘飘银须

在地头瞭望

远方　甲壳虫般

游动的收割机

在放声歌唱

笑容在面颊绽放

甜蜜在心中流淌

凝望着丰收的景象

也许他在暗自猜想

不知今年夏收

中国大地　又会堆起

多少天下粮仓

老农在笑

小伙在笑

姑娘在唱

孩子在唱

哗啦啦流淌的小河

环绕着秀美的村庄

杨柳　枣林　白杨

舞动着欢乐的波浪

只有　只有那把
锈迹斑斑的镰刀
挂在人们的记忆
泥水　泪水　血水
早已洗尽青春芳华
为收获甜蜜的日子
曾挥洒过多少汗水
竟留下　遍体鳞伤

啊　我的镰刀
我的伙伴
请不要沮丧
不要忧伤
告别千年的
刀耕火种
你是历史的见证者
是你用锋利的刀刃
割掉几千年的贫困
每年枣花飘香的季节
你都争先恐后挥汗如雨
焕发出那样耀眼的光芒

此时此刻
当我轻轻抚摸
你苍老的皱纹
看了又看
想了又想
我们怎能忘记
古老文明的中国
从亘古洪荒
刀耕火种
从一穷二白
走向花团锦簇
走向繁荣富强
如今　我的祖国
正披着万道霞光
器宇轩昂地
屹立在世界东方

啊　风吹麦浪
枣花飘香
站在农业现代化的
地平线放眼远望
看到了　我看到了

十四亿双坚实的臂膀
正把丰衣足食的饭碗
牢牢端在我们中国人
自己的手上
于是　情不自禁地
我走进麦田
捧起一缕清风
顿时　我仿佛闻到了
那热气腾腾
枣面馒头的醇香
啊哈　真香真香

落雪无声

大雪纷飞
铺天盖地
绵绵柔柔
疏疏密密
悄无声息地
给大地　披上
一件新衣

不愿　不愿惊扰
酣睡的土地
那秋天的原野
刚刚卸下盛装
此刻　每一道田垄
每一粒种子
又在梦中勾画
对来年的期许

雪花儿　轻轻地
轻轻地俯下身来
亲吻着原野
也许　你听到了
大地的呼吸
种子正在萌动
梦想又在孕育
只待　春风唤醒
冻僵的小河
寒冷的冬季
也终将过去
所有的禾苗
都将伸开臂膀
去拥抱阳光
所有的花朵
都会仰起笑脸
去迎接春雨
莺歌燕舞
满目青绿
广袤的大地
又是一派生机

《对雪》

落雪无声
大爱无声
化作春水
融进春泥
你的最大快乐
是为饥渴的土地
酿造甜蜜

此刻　当我站在

瑞雪纷飞的田野
不由得伸开双臂
去拥抱你的美丽
柔柔地　甜甜地
你吻着我的面颊
我的舌尖
我的渴望
我的感激
啊　洁白无瑕的心灵
默默奉献的情意
已经这样深深地
融化在我的心里

枫叶红了

暴雨摧折
热浪蒸烤
经过整整一个
夏天的思考
山上的枫叶红了

一团团　一簇簇
红得如霞
红得似火
火一样炽热的渴望
在它心头燃烧

是爱在燃烧
情在燃烧
还是血在燃烧
梦在燃烧
伸开臂膀
去拥抱秋风

抖动红绸
向秋天问好

既然　此生
选择了大山
不惧严寒酷暑
雪剑冰刀
即便是乱石穿空
山呼海啸
血是红的
梦是红的
蓝天下　抖动如旗
你的最大愿望
就是燃烧

你用燃烧的情怀
泼染群山
你用生命的火焰
挥洒妖娆
百年风华
阅尽沧桑
红遍天涯

《莫道秋林静，白鹭送风声》

从不动摇

即便是有一天

轰然倒下

让热血　化作泥土

留给世界的

永远都是

红色基因

血脉里流淌的
永远都是
爱与美的情操

此刻　当我远眺
层林尽染
万山红遍
真想　真想与你
站在一起
挥洒漫天豪情
让青春的烈火
与你一起燃烧
一起燃烧

银杏树下

秋风飒飒
落叶如花
踯躅于银杏树下
我又在想她

那年　这两棵银杏树
是我俩亲手栽下
如今　银杏果挂满枝头
你我却海角天涯

花开花落
春秋冬夏
隔着浅浅的海峡
银杏树翘首相望
远方的人哪
你可知道
你可知道
银杏叶黄

我已是满头白发

都说　银杏树

树龄三千多岁

那么　等我老了

我宁愿　宁愿

将骨灰　埋在

这两棵树下

每天

与你说话

即便是等你三千年

也要迎着朝霞

等你回家

《回家之路》

海滨月夜①

多么宁静的大海
多么明媚的月光
一支优美动听的小夜曲
正在他们身边流淌

不久前的一弯弦月
已变得很大很圆
那渐渐暗淡的星光
又被暴风雨擦亮

浩劫的狂涛恶浪
已经平息消散
多少赶海的船只
正在拔锚起航
小伙子凝望沉沉夜色

① 1977 年 7 月 28 日作于北戴河,《人民日报》文艺副刊《大地》刊载。

在思考生活的旅程
姑娘注视着迷蒙的远方
在编织金色的梦想

啊　每颗美好的心灵
都珍藏着这美好的夜晚
明天　他们将伴随海燕
飞向太阳升起的地方

《苦恋》

蒲公英的梦

匍匐于穷乡僻壤
一个飞翔的梦
在悄悄生长

小雨沙沙
渗进泥土
晨光　驱散暗夜
微风掠过草坪
你揉揉睡眼
抖开翅膀
飞向远方
好想好想知道
外面的世界
是啥模样

可是　飞呀飞呀
飞过小溪
飞过山岗

飞向蓝天
飞向洪荒
飞遍四面八方
不知飞到哪里
才是落脚的地方

就这样
随风飘荡
就这样
到处流浪
起起落落
跌跌撞撞
偌大世界
却装不下游子
太多的思念
无尽的忧伤

回头望望
残阳如血
云水茫茫
仿佛　依稀又见
母亲佝偻着腰身

站在风中守望

任凭白发飘飘

泪眼凄迷

一双苍老的手臂

举向空中

还在频频摇晃

欲归不能

痛断肝肠

索性收起

那把小伞

一头钻进泥土

做一个回家的梦

啊　回家的梦

很甜很甜

很香很香

明年　只盼明年

花开时节

打点行装

装满乡愁

撑起那把小伞

飞回故乡

秋　风

带上春的嘱托
背上夏的渴望
你要给秋天画一张
最美的肖像
所有的色彩
所有的诗意
所有的激情
所有的梦想
都倾泻在秋的肌体
像一位天才画家
激情飞扬
挥毫泼墨
挥洒自如
描绘出秋姑娘
丰满俊俏的模样

碧空　湛蓝湛蓝
偶尔飘过几朵白云

原野　五彩斑斓

披上一袭盛装

夕阳偷偷趴在山尖

把运输的车队张望

山楂　苹果　柿子

红枣　花生　辣椒

稻谷　芝麻　棉花

玉米　大豆　高粱

排成浩浩荡荡的队伍

争先恐后涌进库房

秋风中的庄稼果树

都笑得前仰后合

江河湖海都举着浪花

伴随着收割机歌唱

是的　秋风是多情的

这里　不再有

古道西风瘦马的声声喟叹

不再有

八月秋高风怒号的凄凉

不再有

风急天高猿啸哀的愁绪

更没有
秋风秋雨愁煞人的忧伤
在这金风送爽的季节
如诗如画如歌的秋天
旋转着轻盈的舞步
穿过大街小巷
摇动金黄金黄的树叶
悄悄拍打每一扇门窗
她要告诉每一个人
去看看今天的中国吧
有多少目不暇接的图画
天空下　田垄上
飘散着醉人的芳香
不信　请在秋风中闻闻
缕缕清新　沁人肺腑
那五谷丰登的味道啊
真是又甜又香

2023 年 10 月 23 日重阳节，于北京

回　家

走过春秋冬夏

走遍海角天涯

走出童年

走到白发

走不出家的牵挂

走不出妈妈的两眼泪花

啊　我想回家

无论春秋冬夏

无论海角天涯

阴晴冷暖

酸甜苦辣

一跨过家的门槛

都会在爱的甜蜜里融化

啊　我要回家

世界很大很大

都说四海为家

无论海角
无论天涯
祖国那片黄土地
才是我朝思暮想的老家
啊　我爱我家

《回家》

一生牵挂

妈妈　今天我已经长大
十八根蜡烛笑眯眯地
点燃了我的青春韶华
请松开你温暖的手吧
让我从你的怀抱里出发

哪怕是山高路远
哪怕是海角天涯
带着妈妈的谆谆嘱咐
做只鹏程万里的雄鹰
让青春在风浪里开花

妈妈　有一天我也老了
也不会忘记你说的话
风浪再大　家是港湾
天涯再远　也要回家
孩子是妈一生的牵挂

守　望

想你　盼你　等你
就这样　焦灼地
苦苦地　守望了
整整　一个冬季
但不知　是留恋
北国的风光
还是执迷
南方的烟雨
为什么朝思暮想
寻寻觅觅
却总也盼不到
你归来的消息

我问月亮
月亮　笑眯眯地
躲进云里
我问星星
星星　眨着眼睛

不言不语
只有　只有
那丛丛红梅
张着嘴唇
仿佛在说
今夜　也许今夜吧
就能等到
你的归期

啊　终于
就在这个晚上
雪花倏然间
挣脱寒夜封锁
从天而降
飘飘洒洒
温柔地
扑进我的怀里

雪花呀雪花
真不知道
此刻　我该怎样
诉说心中的惊喜

我始终相信

你的执着

你的真诚

你的纯洁

你的专一

没有什么拦阻

能够改变

你的轨迹

同样　我更知道

既然　茫茫宇宙

你选择了我

《雪兴》

就决不会
把我抛弃

是的　你没有失约
也不会放弃
洁白洁白的爱
一旦渗进泥土
一切都会苏醒
一切都在孕育
该萌芽的萌芽
该开花的开花
那时　我们一定
会用阳光的金线
月光的银线
为丰收的原野
再绣一件新衣

啊　丰收季节
多彩的生活
那是大地与白雪
共同的期许
那么　就让我们

年年岁岁
如约相聚
我们唯一的愿望
就是要给
生生不息的世界
酿造甜蜜
创造美丽
也许　这就是
自从开天辟地
我们温柔守候
始终如一
亘古不变的
全部意义

盼

穿过了风
穿过了雨
风雨如晦的路上
我等候了
多少世纪

一棵年轻的树
花枝摇曳
掬缕缕清香
在路边　殷殷企盼
你的归期

风　从树梢吹过
我痴痴地问风
风摇头叹息
雨　从树下走过
我痴痴地问雨
雨总在啜泣
我问星星

星星眨眨眼睛
我问月亮
月亮躲进云里
我问海鸥
海鸥声声凄厉
我问路人
路人指指海峡
当年　有一叶帆影
曾消失在澎湖湾里

岁月已经老去
思念　依然年轻美丽
你在海的那边
泪眼凄迷
我在海的这边等你
等你　等你
即便是等到地老天荒
每年花开时节
我都会　站在这里
听风声雨声
看潮来潮去
但不知道　哪一天
才是　你的归期

索马里海滩拾遗

这是五百多年前
郑和带来的陶瓷碎片吗
如今　它静静地
躺在印度洋西岸
黄沙掩埋的海滩
为什么　为什么
它噙着盈盈泪珠
遥望蓝天
是在寻找故乡飘来的
那朵白云
还是倾听江南水乡的
蛙声一片

拂去尘土
捧在手心
当我细细端详
它的容貌
呀　这不是西湖吗

雷峰塔影
三潭印月
苏堤春晓
白娘子　许仙
断桥相会
满池的荷花
如同一把把小伞
撑起烟雨江南

是惊喜　还是震撼
刹那间　我的思绪
如海浪般久久翻卷
岁月流转
沧海桑田
中华文化的光芒
穿越历史尘烟
依然灿烂耀眼
于是　我把
这枚陶瓷碎片
紧紧捂在胸前
有一天　当我
带它回到祖国
一定再去西湖

随意走走转转
给孩子们讲一讲
郑和下西洋的故事
让他们记住
这枚陶瓷碎片
曾漂洋过海
万里迢迢
历尽千难万险
承载着中非友谊
也镌刻着一个
伟大民族　对世界
繁荣发展的贡献

1970 年 10 月 1 日于摩加迪沙

我的思念

我的名字叫作福建
你的名字叫作台湾
我们都是中华儿女
却被窄窄的海峡
分隔得很远很远
你在那边望我　泪花满眼
我在这边望你　月牙弯弯
不知多少次　我在梦中
与你相见　思念犹如
滔滔不息的闽江江水
兄弟啊　不知何年何月
你才能回到我的身边

有一种思念
已被风雨洗刷干净
有一种思念
已被怨恨无情切断

有一种思念
已被烈火烧成灰烬
有一种思念
已被岁月埋进深渊
我的思念　是风雨中
窗前摇曳的那盏油灯
我的思念　是稻田里
我们寻觅的蛙声一片
我的思念　是那天夜里
你远去的背影
我的思念
是母亲挂满泪花的照片
兄弟啊　不知何年何月
你才能回到我的身边

早日团圆
是一盅醉人的美酒
美酒虽辛
却能品尝回味的甘甜
早日团圆
是一种久等的期盼
久别重逢

有说不完的离合悲欢
早日团圆
是一份挥之不去的乡愁
洗去乡愁
故乡才能展开她的笑颜
早日团圆
是海上升起的一轮明月
月缺月圆
骨肉亲情才能圆圆满满
啊兄弟　不知何年何月
你才能回到我的身边

父亲坟头的荒草
总在风雨中举头眺望
母亲缝补的衣衫　还插着
给你缝补衣衫的针线
姐姐的额头
已刻满深深的皱纹
弟弟的腰背
已驼得弯向地面
你我也早已经不再年轻
白发苍苍　染尽了

日夜思念的辛酸
啊兄弟　不知何年何月
你才能回到我的身边

等你　等你回来的那天
我一定站在那棵歪脖柳下
那是你亲手栽种的柳树啊
如今它已经弓背弯腰
也已经到了　风烛残年
兄弟啊　我的兄弟啊
何年何月　何月何年
你才能回到咱的家园

《等》

我是一块煤

我是一块煤
没有珍珠那样晶莹
没有宝石那样瑰丽
没有黄金那样高贵

但是　我有一颗会燃烧的心
时刻等待火的召唤
我有一个坚定执着的信念
把一切献给人类

我向往光明
不愿在漫漫长夜里沉睡
我追求解放
尝够了高温高压禁锢的滋味

因而　我的脾气暴躁
能把坚硬的烧成死灰

即使是顽固的矿石
我也会将它熔为铁水
是的　我黑
但表里一致
哪怕是粉身碎骨
我也要放射光辉

有时　我也会受到冷落
被抛掷露天　付诸流水
走到哪里　初心依旧
既不懊恼　也不气馁

我跨上时代的列车
飞向祖国东南西北
我登上远航的舰船
去穿越千山万水

于是　我走进化工车间
步履轻轻　变得温柔妩媚
装点绚丽多彩的生活
吐出五光十色的纤维

上
卷

家国情怀

我是珍贵的化工材料
被称为乌金宝贝
制造橡胶　香料　糖精　化肥
我几乎样样精通　出类拔萃

啊　即便是我变成了
变成了　炉渣煤灰
我也要充当建筑骨架
去把风雪严寒击退……

《雪中情》

我是一叶扁舟

千帆竞发
百舸争流
我是岁月风雨中
那一叶扁舟

自从命运把我
投入风浪
或沉入谷底
或滑向潮头
或乘风扬帆
或逆水行舟
我必须牢记
母亲河的嘱托
与风浪搏斗
哪怕水击三千里
我也要　奋力驶向
远方的港口

有惊涛拍岸

有浪遏飞舟

有雨雪冰霜

有江河断流

甚至　甚至有时

还会搁浅在

干涸的河床

被萋萋野草

强行扣留

既然　选择了远方

就没有任何险阻

能够　动摇我的执着

我的追求

就像海燕　酷爱大海

就像骆驼　眷恋绿洲

我把我的生命交给风暴

我把我的梦想投进激流

风暴和激流　也许终将

把我噬咬得遍体鳞伤

然后　化作燃烧的炭火

啊　那热情绽放的火焰

便是我温馨的微笑

和生命的闪光

也是我不负韶华满怀感激

向哺育我成长的江河大地

依依惜别　做最后一次

炽热而深情的问候

《早发白帝城》

也题《鱼化石》

高山　沉入海底

海洋　耸起山峰

沧海桑田　风驰云涌

没人知道地壳碰撞的

漫长岁月　究竟发生

怎样惊心动魄的情景

几十亿种远古生物

甚至恐龙　统统消失了

而你却被围困在岩层夹缝

今天　依然这样栩栩如生

勿问远古侏罗纪　白垩纪

也无须考证夏商唐宋

亿万年的沉积

亿万年的抬升

经历了一次次高温高压

你的躯体一如岩石坚硬

但是　你的灵魂没有死去

拂去岁月的尘土
我仿佛还能看到
你用婀娜优美的舞姿
在海下龙宫　舒展着
对自由与光明的憧憬

真想　真想把你轻轻唤醒
听你讲讲地球变迁的故事
生命演化都隐藏着哪些奥秘
为了生存又经历怎样的抗争
远古鱼类怎样爬上陆地
最终竟演绎出地球的峥嵘
茫茫宇宙还有多少未知天体
那里是否也有鱼化石的身影
啊　有太多太多未知的命题
如海浪般在拍打着我的心胸

此刻　当我细细观察你的身姿
每一片鳞鳍　都拨动我的神经
据说　最初人类就起源于大海
鱼类登陆又经历了怎样的旅程
真想随你一起游进那历史长河

去静静聆听那星辰大海的回声
我突然觉得　宇宙就是一片海洋
云飞浪卷　似乎永远都不会平静
那么就让我也演化成鱼化石吧
警示后人　活着就要懂得珍惜
珍惜自由　珍惜光阴　珍惜生命

最后那一片叶子

几番冷雨
几场秋霜
秋蝉　停止了歌唱
树林　也脱下戎装
一棵棵　一行行
犹如威风凛凛的战士
齐刷刷站在旷野
挥舞着遒劲的臂膀
迎击冬的疯狂

我骄傲　我是最后
那一片叶子
就像翻飞的旗帜
被树干高高举起
面对风雪呼啸
寒流袭击
我选择了坚守
选择了梦想
只要生命不息

血液还在流淌
我便会傲立枝头
迎风飘扬

虽然　有一天
我也会倏然飘落
被埋进泥土
但是　我的梦想
还会发芽
只待春风呼唤
我又将旋转舞步
去播撒芳香

我自豪　我是最后
那一片叶子
亿万年的沧海桑田
是大地
给了我顽强的性格
是太阳
给了我坚定的信仰
我和我的兄弟姐妹
为生机勃勃的世界

挥洒激情　谱写华章
留下色彩斑斓的诗行
生　为奉献而生
死　为奉献而死
为了开花结果
为了山清水秀
我们庞大的绿叶家族
有一个共同理想
即便是粉身碎骨
化作泥土
生也荣光
死也荣光

啊　亲爱的朋友
请你为我加油
为我鼓掌
我是最后
那一片叶子
当暴风雪
最终　掩埋了
我的躯体
请不要叹息

不要忧伤

我会记住

并且深深感激

你的祝福

你的期望

明年春暖花开时节

我会再次跃上树枝

旋转着优美的舞姿

放开喉嗓

为你舞蹈

为你歌唱

为美丽的家园歌唱

为亲爱的祖国歌唱

《雪霁》

种　子

我是一粒　被秋风
遗弃的种子
茫茫旷野
我与尘土一起飞扬
飞过小河
飞过山岗
飞过城镇
飞过村庄
回头凝望
我已无法辨认
哪里才是
我的故乡

飞扬　飞扬
流浪　流浪
任凭雨骤风狂
任凭云水茫茫
任凭江河汹涌

任凭高山阻挡

我有我的追求

我有我的梦想

我有我的轨迹

我有我的方向

没有谁　能够阻挠

我落地生根

没有谁　能够禁锢

我蓬勃绽放

虽然　我很渺小

渺小得微不足道

虽然　我很孱弱

孱弱得随风飘荡

但是　在茫茫暗夜

我心中依然洒满阳光

即便被埋在穷乡僻壤

我也要发芽生长

我渴望绿满天涯

我憧憬鸟语花香

知道吗　我们种子家族

还有众多的兄弟姐妹

无论生长在什么地方
都有一个共同的愿望
挺起脊梁　伸开臂膀
为人类举起天下粮仓

是的　我为我的家族骄傲
我为我的理想骄傲
虽然卑微　但不卑贱
虽然弱小　但很坚强
哪里需要
就在哪里安家
哪里安家
就在哪里歌唱
生命因我
而丰衣足食
世界因我
而繁荣兴旺
沧桑岁月　奉献美丽
是我亘古不变的初心
珍惜生命　酿造芬芳
是我始终坚守的信仰

就这样　默默地
在大地母亲的怀抱
绽放青春　茁壮成长
就这样　顽强地
在阳光的照耀下
承受爱抚　孕育希望
沧海桑田
不改初心
春风秋雨
蓬勃向上
为了我深深爱着的土地
宁可粉身碎骨
为了我孜孜追求的梦想
甘洒热血满腔

啊　朋友　此刻
当你凝望丰收的原野
我是多么渴望　渴望
与你分享收获的喜悦啊
那么　就请你轻轻把我
放在手心　仔细瞧瞧
我这般实丰满的模样

你可知道　你可知道
为了酿造甜蜜幸福的日子
从发芽生根　到开花结果
我曾怎样　含辛茹苦
与风沙干旱殊死搏斗
经历了多少挫折磨难
才最终实现我的理想

《草木暗随秋色老，山河长为今日新》

走进原阳①

满怀炽热的向往

我走进原阳

放眼望去　百里绿洲

犹如巨大的花园

环绕富饶秀美的村庄

我无法相信

也不敢相信

这就是昔日的黄河故道吗

这就是千年贫困的原阳吗

盐碱地　已化作稻浪滚滚

黄土岗　已耸起座座工厂

驻足黄河大堤

久久无法平静

①河南省原阳县郭庄村是作者的故乡。

悠悠往事　犹如黄河的涛声
穿越历史风烟　在我心头
发出　那经久不息的回响
自古以来　这片热土
就是中华儿女　世代
繁衍生息的地方
古阳武仓颉造字
博浪沙张良刺秦
三国群雄逐鹿中原
官渡之战以弱胜强
修鱼之战　诸侯会盟
众多宰相　辅佐君王
朝代更迭　盛盛衰衰
金戈铁马　跌跌宕宕
毛遂自荐　脱颖而出
中原文化　源远流长
玲珑塔之雄伟挺拔
夏家大院历尽沧桑
原阳　犹如一卷史书
在中华文化的巨制中
放射灿烂耀眼的光芒

此刻　当我走进原阳

阳光　在每张笑脸绽放

纵横交错的大街小巷

奏出　悦耳动听的交响

抓把空气　放在鼻尖

哈　全是胡辣汤的浓香

糊涂面条　羊肉烩面

原阳烧饼　毛遂酒酿

原阳凉粉　原阳油条

《梦回故乡》

原阳大米　原阳高粱
槐树花遍野飘香
琳琅满目的美食佳肴
揉出　咱原阳的味道
淳朴厚道的民风民俗
留住　南来北往的客商
高速公路　四通八达
生态大道　岸柳成行
六条高速大桥飞架黄河
给原阳插上腾飞的翅膀
欧亚大陆桥　风云万里
原阳　被拉进世界中央
你听　那滔滔奔流的黄河
正亮起喉嗓
为原阳的崛起
原阳的腾飞
放声歌唱

啊　原阳　我听到了
你隆隆前进的脚步声
在实现中华民族
伟大复兴的征途

你正高扬黄河精神
继往开来　创新超越
踔厉奋发　后来居上
明天　英雄的原阳人民
不但能够　而且必将
在这片古老而神奇的
土地上　洋洋洒洒
再写新的辉煌

巾帼英雄颂

斗转星移　　沧海桑田

金戈铁马　　风驰云涌

翻阅中国文化的灿烂史册

穿越生死存亡的血雨腥风

我不知道　　也无法知道

五千年的泱泱中华文明

究竟涌现多少巾帼英雄

更无法知道　　朝代更迭

有多少杰出的巾帼英雄

为中华民族的繁荣昌盛

立下了光照千秋的丰功

如今　　她们从五星红旗下

再次出发　　踏上新的征程

太阳　　给她们指路

春风　　为她们壮行

六亿九千多万中国女性

英姿飒爽　　在巾帼建功的征途

为实现中华民族伟大复兴的梦想
去挥洒热血　去收获光荣
你看　在偏僻的山村小学
她们点亮孩子求知的渴望
在脱贫致富的城镇乡村
她们播下丰衣足食的憧憬
在救死扶伤的前沿阵地
她们送去起死回生的希望
在科学攀登的崇山峻岭
她们尽情挥洒青春激情
在奥运会激烈的竞技场上
她们为中国立下赫赫战功
在空间站　在航天飞船
她们编织嫦娥奔月的憧憬
啊　在实验室　在高速列车
在厂矿　工地　在商场　军营
在三百六十行的每个职业岗位
甚至每个和睦幸福的家庭
都有她们无怨无悔的奉献
都有她们妩媚甜蜜的笑容
是她们　用女性的默默温柔
滋润了祖国的绿水青山

是她们　用女性的款款爱心
温暖着每一个幸福家庭
是她们　以博大的胸怀
拥抱九百六十万平方公里的大地
是她们　以柔弱的双肩
奋勇扛起　伟大中华民族
岿然屹立世界东方的身影

是的　我必须以满腔激情
赞美建功的所有巾帼
此刻　当我站在泰山之巅
俯瞰苍茫大地　云蒸霞蔚
前方　还耸立着崇山峻岭
伫立船头　凝望滔滔江河
奔流跌宕　一泻千里
千帆竞发　旌旗蔽空
远方　又是怎样壮丽的风景
新的时代　新的征程
新的梦想　新的使命
建设世界科技强国
实现中华民族伟大复兴
党中央又为我们指引航向

啊　亲爱的女同胞们
此时此刻　我不知道
该以怎样滚烫的语言
赞美巾帼建功的业绩
也不知道
该以怎样动听的歌喉
歌唱你们巾帼英雄的精彩人生
那么　就让我也站进
你们光荣的队列吧
就让我　也跟随着
你们铿锵前进的步伐
不忘初心　牢记使命
踔厉奋发　奋勇攀登
凝聚磅礴力量

你们把青春理想
播撒在信仰大道

—— 献给美国友人，科学家阳早、寒春夫妇①

当我怀着深深的敬意

来拜谒阳早、寒春故居

当我缓步踏上信仰大道

在你们的塑像前默默肃立

每一棵小草

每一片树叶

每一道阳光

每一缕清风

仿佛　也都饱含深情

和深深的怀念

---

①阳早、寒春夫妇是美国科学工作者，他们在革命时期来到延安，并随革命者转战南北，中华人民共和国成立后，成为中国最早的科技专家。50多年来，他们艰苦奋斗，坚忍不拔，实事求是，一丝不苟，经历了风风雨雨，充满革命乐观主义精神，为中国的奶牛事业和农机现代化奉献了毕生精力，作出了重要贡献。

在向两位美国友人
致以最崇高的敬礼

是的　这是一条必须
永远铭记的信仰大道
它从密西西比　穿越
风云万里　坎坷崎岖
通向黄土高原　通向
陕北　宁夏　内蒙古边区
又追随毛泽东坚实的脚步
跨越黄河　冲破炮火硝烟
终于　把虔诚信仰的旗帜
插上工人先锋队的行列
用镰刀与锤头的撞击声
和共和国隆隆的礼炮声
与中国人民一起　迎来
那霞光万丈的壮丽晨曦

于是　你们把自己的信仰
心血　汗水　智慧　毅力
全部倾洒在世界东方
这古老而神奇的土地

每天　日出而作　日落而息
那间普普通通的砖瓦平房
装满了你们的全部理想
那粗茶淡饭　一袭布衣
一颗螺丝钉　一部机器
都承载着你们对人民的深情
就这样　你们始终无怨无悔
栉风沐雨　就像那不辞劳苦
精心养育的奶牛　点点滴滴
挤出了自己的全部乳汁
把青春　爱情　团结　友谊
与默默奉献　融为一体
谱写了一部　感天动地
光照千秋的人生传奇

有人曾经问过寒春　作为
出身富裕家庭的年轻女子
美国少有的女性核物理学家
在曼哈顿计划中身兼要职
为什么舍弃原子弹研究的梦想
义无反顾地投身中国抗战
在陕北贫困山区餐风沐雨

上卷
家国情怀

难道没有后悔　没有惋惜
你却坦然一笑　爽快回答
我参加 20 世纪两件大事
原子弹研究和中国革命
这就足够了　足够了
是呀是呀　说得真好
你的笑容　你的风趣
你的亲身经历　再次
让我们明白了一个道理
只有把信仰　理想　追求
与人民利益紧密结合一起
这样的道路　才充满欢乐
这样的人生　才更有意义

啊　亲爱的阳早、寒春先生
看花开花落　斗转星移
我们　永远不会忘记
为了追求真理
你们　不远万里来到中国
志同道合　成为亲密伴侣
在血与火的淬炼中
播种爱情　播撒友谊

为中国农机现代化

和良种奶牛的培育

创造了骄人的业绩

生命有限　精神永存

你们的笑容

你们的故事

你们走过的信仰大道

你们创造的光辉业绩

已经　并将永远永远

铭记在我们的心里

铭记在我们的心里

　　2022 年 11 月 2 日拜访阳早、寒春故居
归来，于北京

《高山流水》

下卷

生命恋歌

著名诗人艾青（左）与作者合影
1987 年 4 月于艾青家客厅

爱的无怨

既然分手　也不必

反目为仇

积五千年尘缘　才有

那一次美丽邂逅

岁月悠悠

千帆过后

蓦然回首　最难忘却的

还是那个渡口

可曾记得　当年

风浪里颠簸

你坐船尾

我站船头

渡口　已经渐渐远去

青春　却无处停泊

与浪花一起翻飞的

是比翼双飞的海鸥

感谢此生　从此

我们有缘牵手上岸
在那美丽的岁月
我们曾风雨同舟

多少次惊涛拍岸
多少次击水中流
多少次柳暗花明
多少次风狂雨骤
你赠我的玫瑰
依然暗香盈袖
我对你的痴恋
依然浓烈似酒
可是今日　纷飞的落叶
已卷去往日的悲欢
卷不去的　是我的愧疚
还有　你的善良温柔

啊　聚聚散散
去去留留
今天失去的　也许明天
我们还都会重新拥有
无论如何　无论如何

今生相随　心存感激

既然分手

未来的日子

陌路相逢

我们永远都是

亲密朋友

《苦恋》

爱在哪里

你常问我　爱是什么
我也问你　爱在哪里
是父亲那温暖的脊背
还是母亲那甜蜜的乳汁
是故乡那缕缕袅袅炊烟
还是长河那圆圆的落日
是情侣久别的思念
还是游子盼归的愁绪
是故乡那一轮明月
还是祖国那迷人的晨曦

爱是什么　爱在哪里
你在问我　我在问你
是在女娲补天的神话里
还是在后羿射日的传说里
是在仓颉造字的工坊里
还是在神农伏羲的桑田里
是在三皇五帝的谋略里
还是在世代朝纲的更迭里

是在楚辞元曲的旋律里
还是在唐诗宋词的吟唱里

爱是什么　爱在哪里
忽远忽近　若即若离
是荒原戈壁的驼铃声声
还是辽阔草原的芳草萋萋
是崇山峻岭的茫茫云海
还是山林深处的潺潺小溪
是枯木逢春的丛丛新枝
还是久旱迎来的绵绵春雨
是风云变幻的海阔天空
还是千帆竞发的大江东去

爱是什么　爱在哪里
深深浅浅　寻寻觅觅
是在久别重逢的笑声里
还是在依依惜别的泪花里
是在婴儿第一声啼哭里
还是在甜甜蜜蜜的日子里
是在胸佩红花的奖状里
还是在平平淡淡的岁月里
是在心心相印的思念里

还是在生死相依的誓言里

爱是什么　爱在哪里
你在问我　我在问你
你问高山　高山摇头
我问落日　落日西去
你问江河　江河无声
我问大地　大地不语
啊　五千年历史积淀
五千年文化凝聚
关于爱的谜底　原来
就在中华儿女的心里

《多情最是故乡月》

日　记

那是一本被岁月风雨
漂洗了几十年的日记
封面　已经发黄
深深浅浅的皱褶
依然　层层叠叠
堆积着我的足迹

你说　我把这一生
托付给你　但不知
今夜的倾心相许
在风雨沧桑之后
是否会了无痕迹
我说　怎么会呢
你的名字　我已经
深深刻在心底
哪怕十二级台风
也休想把它吹去

183

哦　记不清了
已经记不清了
有多少山回水转
柳暗花明
有多少坎坷崎岖
颠沛流离
回望来路
风风雨雨
青春已被漂白
岁月已经老去
唯有这本字迹模糊
尘封太久太久的日记
依然　亭亭玉立着
花开如初的你

绽　放

终于收起羞涩
就这样　悄悄地
悄悄地　踏着轻雾
披着月光
在曦光初露的早晨
在夜色朦胧的晚上
摇曳着淡淡的芳香
淡淡的迷茫
让珍藏了千年的心事
和蓬勃的渴望
为你绽放

如果爱我
就请你　走近一些
再走近一些
细细　细细地鉴赏
我的芳容
我的婀娜

185

我的娇羞
我的亮丽
是不是你
苦苦寻觅
梦寐以求的
那个模样

赏花的人啊
你可知道　经历了
多少严寒酷暑
多少雨露风霜
为你吐蕊
为你芬芳
为你守候
为你梳妆
虽然　也许我是
你朝思暮想
唾手可得的一朵
但是　请你记住
必须记住
一旦拥有
你就要用一生的

精心呵护
温柔体谅
才能永久品尝
只为你绽放
只为你酿造的
这份珍藏
这缕芳香

表　白

其实　是可以表白的
就像白云眷恋高山
海洋倾慕陆地　就像
荒漠渴望清泉
干旱期待春雨
既然　积千年尘缘
在一个不经意的路口
不期而遇
目光与目光　擦出火花
那一刻　所有的小火星
都会点燃久藏的秘密

但是　我们却故意
选择了沉默　在落笔之前
选择了留白
选择含蓄
也许　也许这样
在厚重的人生巨制中

会多点儿彩虹
少点儿风雨
会多点儿诗意
少点儿孤寂

是的　其实不必
不必　公布谜底
就像两道小溪
从一座大山出发
叮叮咚咚
弯弯曲曲
朝着同一个方向
奔流不息
既保持距离
又不离不弃
总有　总有一天
在汇合的浪花丛中
会簇拥一起
用爱的乳汁
去酿造甜蜜
用阳光雨露
去滋润美丽

啊　没有表白的默许
犹如　一坛百年陈酒
优雅圆润
醇厚细腻
点点滴滴入喉
空杯留香
不醉也醉
足够你我　品味一生
即使　品味千年万年
也品不够　其中滋味

是的　是的
不必表白
也不必迟疑
请把这杯酒　轻轻地
高高地举起
今夜的我们　必须
一醉方休　因为
这醇香的佳酿
将会告诉你
那个珍藏了
太久　太久的谜底

月光如水

在这月光如水的晚上
只想　只想推开门窗
去看看月亮
很久很久以前
李白想家的时候
举头低头之间
似乎有点儿忧伤
而我呢　站在
这桂花树下
闻了又闻
望了又望
扑面而来的
是你赠给我的
那淡淡的幽香
挂在星空的
是你执手送别时
那莹莹的泪光

下
卷
生命恋歌

似乎一切
近在眼前
似乎所有
都在远方
手与手的交流
心与心的碰撞
嬉笑　打闹
惆怅　迷惘
乃至痛苦
甚至忧伤
没有什么误解
不能释怀
没有什么过失
不可原谅
此刻　耳边缭绕的
总是你呢喃的叮嘱
面前浮动的
总是你亮丽的模样

真想　真想
蘸一束月光
在手心　写几句诗行

真想　真想

摘一片白云

在墙上　画张肖像

夹在离别的日历

或者　放在梦中

或者托付给秋风

寄向远方

但不知　今晚月光下

那棵桂花树

是否已然花开满枝

是否也在默默地

为我　飘洒芳香

啊　月光如水

如水的月光

就这样　柔柔地

濡湿了我的思念

就这样　静静地

在我的心中流淌

流淌　流淌——

初　恋

是苦是甜是酸是咸
是欲说又止的忐忑
是欲说还休的试探
是欲罢不能的思念

是含苞待放的花朵
是姹紫嫣红的果园
是丢进月光的石子
是划向海浪的远帆

是若即若离的牵手
是心照不宣的誓言
是曲曲弯弯的小路
是深深浅浅的海滩

是　抑或不是
姑且　都顺其自然
不妨折叠两个纸船

轻轻地放在河面——
是沉　是浮
是近　是远
是退　是前
是聚　是散
就交给奔流跌宕吧
去接受颠簸的考验
因为　时间和风浪
才是最公正的法官

《悄悄话》

春　夜

今夜无雨
只有　杨柳依依
摇曳着残月
在窗外叹息

湖畔　是谁家女孩儿
手执一管竹笛
那悠扬的笛声
忽高　忽低
时断　时续
皱了　一湖春水
醉了　半空柳絮

不想归去
偏要归去
荷塘月色下
仿佛　总也站着
一个亭亭的你

归去　归去

还是归去

索性和衣躺下

又忆十里长亭

秋风瑟瑟

落叶纷纷

夕阳下　望不尽

天涯路

尽是离别愁绪

依稀听见

雁叫声咽

不觉泪眼凄迷

长夜漫漫

濡湿的尽是愁绪

辗转反侧

欲睡还醒

却被漫溢的花香

浸透了诗句

挑灯细问

春深几许

风儿轻轻私语

只须　只须

掐指细算

她的归期

　　1972 年 10 月 5 日初稿于摩加迪沙

　　2023 年 2 月 5 日改于北京

《远行吟》

躲　雨

这是积攒了几千年的大雨吗

刹那间倾盆而下　翻腾的乌云

犹如脱缰的野马

在七月的旷野狂奔

我正躲在树下避雨

不相信　无论如何

都不敢相信　远方

像是有一位姑娘

冲开雨幕　扑进眼帘

犹如一团燃烧的火焰

在狂风骤雨中抖动

啊　是梦是醒　是假是真

红裙子渐渐飘近

飘呀飘呀　莫非是敦煌飞天

飘得我　有点儿眩晕

先生　这雨下得真好呀

天降甘霖呢

我挪了挪身子　拉开距离

嗯嗯　今年又是个好收成
我嗫嚅着　瞪大眼睛
心脏　在扑通扑通地跳动
姑娘　这是　这是去哪呀
咋不　咋不带把伞呢
放学回家呢　俺是教师
没有想到　突然下雨啦
她偷偷瞟了我一眼　顿时
面颊上泛起两个笑窝窝
随即又扭头　望着天空

雨　唰唰地下着
心　怦怦地跳着
雨点敲打着地面
奔放而抒情　耳边
缠绕着时断时续的
风声雨声
她说　求求老天爷
就这样下吧　下吧
不停地下吧
这干渴太久的土地
多么渴望滋润
我说　是呀是呀

但愿一直下得
碧草茵茵
花开似锦

可是　话音未落
乌云却渐渐散了
太阳　又露出了笑脸
不知咋的　我的心
顿时　有点儿忧伤郁闷
临别时　她羞怯怯地
交给我一张纸条
并且一再叮咛
先生　这是我的电话
说着　她咯咯地笑着跑了
远远的　像一朵飘去的云
我呆呆地站在树下
痴痴地站着　久久地站着
凝望着迷雾的远方
就这样站着　站着
站在云淡风轻的原野
站成了一座雕像
站成了一幅风景

雪地情话

北风呼啸
乌云蔽空
积蓄了整整
一个冬天　傍晚
纷纷扬扬的大雪
终于　酣畅淋漓地
向大地倾泻着感情
冰雪世界　如此纯洁
而宁静

我们牵着手
走进雪地　心情
被晚风融化
哈　真是其乐融融
调皮的雪花
居然　毫无顾忌地
钻进脖颈
冷吗　我伸手为你

系系围巾
不冷呢　不冷
随即　你抬手指指
满眼树挂
看哪　像不像梨花
开满了小城

是呢　还记得吗
去年春天
梨园那个夜晚
梨花如雪
圆圆的月亮
挂在星空
你说　牛郎织女
隔河相望
唯有一年一度
七夕相逢
但愿有一天
雪梨熟透的时候
我们鹊桥相会
不再分离
我说　一定一定

边防服役期满　一定
带着军功奖章回家
合欢树下　与你
拍一张蜜月合影

雪花　静静地
静静地飘落
贴心话　柔柔地
甜甜地　融进风中
不知不觉
已是黄昏

《初雪》

楼影的灯光

次第绽放

你说　回去吧

回去写一首小诗

留个纪念

我轻轻拂去你

脖领上的雪花

指指万家灯火

诗意油然而生

知道吗　为了这个

美丽而宁静的夜晚

有多少先辈

穿越风雪严寒

流血牺牲

奋斗了一生

茧

说什么作茧自缚
这是我心甘情愿
多少个白昼
多少个夜晚
只想给你　织一件
柔软的衣衫
我用太阳的金线
月亮的银线
将自己悄悄锁在房间
一针针　一缕缕
织啊　不停地织啊
织一片情意
织一个心愿

早也丝连
晚也丝连
一觉醒来
已是　春色满园
忍不住　忍不住

推开房门
爬上树梢
踮起脚尖
望眼欲穿

日也思念
晚也思念
但不知　你还在
哪座花园
流连忘返
索性　索性
插上翅膀
去向你讨还相思
只叹　青丝吐尽
蜡炬泪干
年年留下的
只有　也只有
这丝丝不断的
一枚老茧

下
卷
生
命
恋
歌

幕　已经落下

幕　已经落下
请不必叹息
请把昨日　那灿烂的一幕
留给记忆

所有的　喜怒哀乐
都已曲终人散
所有的　爱恨情仇
都已平息
假戏真做　假时亦真
真时亦假
不知哪一个角色
才是真实的你

如果不是七月　那场
突来的狂风骤雨
密密的橡树林中　也许
我会　如约而至

然而　幕　已经落下
近看　碧草如茵
远看　蓝天如洗
淡淡的夕阳下
你已离去

眼前消失的
只有　你的背影
心中沉淀的

《静》

下卷　生命恋歌

只有　我的感激
啊　亲爱的
过去的　不需
再去重复
属于未来的
会更加美丽

诀　别

吹灭那根蜡烛吧
亲爱的　不要流泪
你为我燃烧了一生
蜡炬成灰

此刻　纵有千言万语
也无从说起
只求　只求你记住
我深深　深深的感激

感激上苍　赐给我
你的善良　温柔与美丽
积五千年尘缘
才难得有　这一次相聚

那么多沟沟坎坎
那么多苦辣酸甜
那么多荆棘泥泞

下卷
生命恋歌

那么多风风雨雨
都已过去
都已过去
不会忘记
被时光装订的相册
已珍藏在我的心底

亲爱的　请你记住
当我上路时　不要
请不要哭泣
假如　假如来生转世
我会在奈何桥上等你
等你　驾一叶扁舟
我与你　再结伴侣

那个晚上

那个晚上　是谁
偷走了月亮
风儿柔柔　小雨沙沙
哗啦啦　流淌的小溪
在我们身边歌唱

你说　真想
真想　就这样
撑着雨伞
踩着落花
走呀走呀
走到天亮
走在你的身旁
走到地老天荒
我说　撒谎呢
故意撒谎
如果　如果不是
为什么　为什么

我在风雨中
等啊等啊
左顾右盼
东张西望
望穿了秋水
淋湿了衣裳
却听不到你的
脚步声响

你抓耳挠腮
请我原谅
我扑哧一笑
心花怒放
我说　走吧走吧
路还很长很长
只要我们一起
撑着这把小伞
黑夜白昼也好
淫雨骄阳也罢
我都会跟着你
如影随形
走向远方

风儿柔柔

小雨沙沙

两颗心　突突地

轻轻地　在伞下碰撞

哦　那个晚上

就在那个晚上

你送给我

一个美丽的谎言

我却交出　交出了

心中的那个珍藏

《秋日》

晚　钟

寺庙的钟声
忽高忽低
时远时近
一声声　穿透
寂静的山林
敲击着黄昏

那个夜晚
就在这个渡口
我为你　解开缆绳
松开叮咛
江心缓缓消逝的
是你远去的背影

从此　岁月流转
风风雨雨
洗尽　青春年华
盼着重逢

难再重逢
心中流淌的
总是这一江春水
耳边缭绕的
总是那暮鼓晨钟

《柳色看犹浅，泉声觉渐多》

此生　也许
也许　再也
不能相逢
爱也随风
怨也随风
唯有涛声依旧
唱着那首恋歌
唯有钟声不绝
萦绕美丽人生

远去的列车

灯火凄迷　思念

伴随着飞驰的列车

渐渐远去

熹微的晨光　轻轻撩起

梦的帷幔

昨夜　枕巾上残留的

是苦涩的泪滴

此刻　我只能对着

手机的键盘倾诉

将幸福的回忆

一幕幕　徐徐开启

为了这个夜晚

我在风里雨里

苦苦寻觅

茫茫人海

萋萋荒原

没有一条小路

通向谜底

感谢上苍　赐给我

那一点烛光

倏然照亮　无尽的迷茫

灯火阑珊处

竟站着　天使般的你

多少往事都已发生

多少期许绽放美丽

月缺月圆

凄风苦雨

爱的小路

弯弯曲曲

路的这头是我

路的那头是你

此时此刻　当秋风揉碎

路边的落叶

揉不碎的　是你

远去的背影

和爱的回忆

啊　爱的回忆

燃烧的印记

层层叠叠

在我眼前堆积

远去的列车

虽然能载动

沉重的忧伤

却无法带走

这个夜晚　因为

它已经深深地

珍藏在我的心里

《望断南飞雁》

妈妈　我的手帕丢了

妈妈　对不起
我的手帕丢了
就在那个晚上

好大一个花园
玫瑰　月季　荷花
柔柔的晚风
抚摸着面颊
知了在枝头歌唱
我寻找着手帕
东张西望
不见人影
却听到那熟悉的
脚步声响
找着找着
想着想着
我迷失了方向

他说　不要找了
给你讲个
嫦娥奔月的故事
哦　坐近一点儿
再近一点儿
靠在肩上
那一刻　星星
眨着眼睛
躲进了池塘
于是　我相信了
他编织的童话
任凭滚烫的泪珠儿
在面颊上流淌

回去吧
咱们回去吧
妈妈会着急的
他摇摇手
指指远方
你看　山的那边
月亮升起来了
月光花　已经

悄悄绽放

花园静悄悄的
风儿很香
蝴蝶　扇动着翅膀
掠过花丛
远方　亮晶晶地
闪着灯光
一朵云　飘过头顶
飘呀　飘呀
飘进了池塘

他说　快看
那不是你的手帕吗
洁白洁白的
绣着荷花
飘在水的中央
是啊　真的呀
乍见　我心爱的手帕
就在眼前摇晃

妈妈　对不起

我的手帕

真的丢了

请你原谅

明明知道

他在哄我

我却为他　交出了

这个夜晚

甚至　甚至

还为他

慷慨馈赠了

我的梦想

哦　妈妈

我的手帕丢了

就在那个晚上

请你原谅

225

其　实

其实　我们每个人
都在刀刃上行走
即便是　阳光灿烂
一马平川
有谁能够预测
日丽风清之后
那远方的远方
会不会　平地惊雷
百川径流
悬崖之上
竟突现峡谷深沟

其实　我们每个人
都在浪尖上漂流
即便是　风平海阔
白云悠悠
有谁可以断定
千帆过后

那海燕掠过的晴空
会不会　风云突变
电闪雷鸣
乌云之下
骤然有狂飙怒吼

其实　我们每个人
都在逆水行舟
即便是　岁月静好
弯月似钩
你也必须高瞻远瞩
未雨绸缪
只有中流击水
勇立潮头
敢于力挽狂澜
劈波斩浪
才能拼杀出
人生风流

鄂毕海的琴声

鄂毕海翻动着波浪
白桦林在风中歌唱
远处传来阵阵琴声
在倾诉无尽的忧伤

我来自遥远的乌克兰小镇
西伯利亚是我的第二故乡
父亲在阿富汗战场牺牲
母亲被迫远嫁异国他乡

从此　我便四处流浪
被苦难咬得遍体鳞伤
就像一只丧家之犬
找不到回家的方向

感谢亲爱的西伯利亚
重新点燃了我的梦想
是美丽的娜塔莎姑娘

赐给我对爱情的渴望
今天我二十四岁生日
难忘这幸福快乐时光
感谢亲爱的中国朋友
欢聚在这迷人的晚上

啊　欢笑声随风飘荡
夕阳　趴在山尖张望
娜塔莎姑娘翩翩起舞
像海鸥在展翅飞翔

于是　我们高高举起酒杯
祝中俄友谊地久天长
祈祷世界没有战争贫困
和平之花永远遍地开放

1999 年 7 月 25 日记于新西伯利亚鄂毕海畔
2023 年 5 月 25 日改于北京

下卷

生命恋歌

收　割

骄阳似火
麦浪如歌
小伙躺在树下
枕着麦垛
小憩片刻
透过青青柳帘
数点着白云朵朵
一朵　两朵
哈　美如莲花
手牵着手儿
从蓝天飘过

布谷鸟儿
亮起喉嗓
争先恐后
在枝头唱歌
咯咯咯咕
麦子熟了

咯咕咯咕
快快收割

啊　那是谁家姑娘
急匆匆　走下山坡
白纱巾　忽隐忽现
忽起忽落
挥手撒出　一串串
甜美的吆喝
开饭喽　开饭喽
俺做的小麦粥
又甜又香嘞
还有刚刚出锅的
麦香饽饽
话音未落　只见
金灿灿的麦田
波涌浪翻
连路边的垂杨柳
也笑得前仰后合

小伙捧起大碗
喝上一口

咂咂嘴唇

竖起拇指

呵 不错 不错

夸得姑娘面颊上

笑出了两个酒窝

香吗 新麦粥

专门为你做的

香 香呢 真香呢

小伙子抓耳挠腮

手足无措

姑娘含羞叮咛

是呀 是呀

麦子熟了

都熟透了 熟透了

那为啥 为啥

你还不抓紧时间

快快收割

树的悲哀

年年花期
你都错过
今日来采
已落红如雨

落花无语
斑斑泪迹

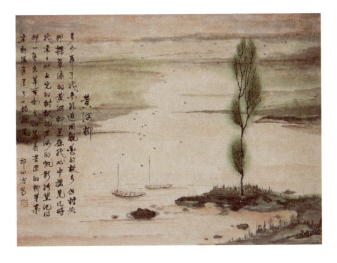

《黄河柳》

悲也是你

喜也是你

怨也是你

恨也是你

索性把揉碎的落叶

统统交给秋风吧

让它卷去

让它卷去

水仙之恋

多么热烈的夏季
已被错过

在秋风中　忍受孤独
这一腔洁白洁白的爱
向谁诉说

层层思念
压在心底
没有谁　可以劫走
我的承诺

不知恋花人
今宵何处
纵有　暗香如初
也懒向长夜飘落

你错　我错

难道都错

无论如何

你该知道　即便是

冰雪消融时刻

任凭花残影瘦

我都会捧着　这颗

凋零的心

孑立窗前

痴痴地　为你

守着寂寞

《忽闻君自远方来，云影山色共徘徊》

思 念

是一条弯弯曲曲的山路
是一帘密密麻麻的雨幕
是一道厚厚实实的围墙
是一串苦苦涩涩的泪珠

是荒野熊熊燃烧的篝火
是悬崖腾空而下的瀑布
是地心喷薄而出的岩浆
是漫天缥缈蒙蒙的云雾

是暗夜闪闪烁烁的星光
是床头辗转反侧的孤独
是有口难以诉说的愁绪
是伸手无法触摸的幸福

是欲罢不能的一份牵挂
是欲说还休的一种酸楚
是思来想去无解的谜底

下卷 生命恋歌

是品来品去无尽的满足
是踽踽独行时那盏路灯
是破浪远航时那轮日出
是世上最美最美的期盼
是人生最可珍贵的财富

茫茫人海既然与你相遇
风雨征途岂在朝朝暮暮
海角天涯总有聚聚散散
今生相随何惧跌宕起伏

啊　人生有多少阴晴圆缺
岁月有多少加减乘除
或险峰深谷或生死离别
也大不过这真情的分母

忏 悔

真的　那全是我的错
错过昨夜　错过今朝
又错过　一个又一个
最美丽的时刻
暮春归来　遍地落红
房门已经紧锁
无语东风　相思林中
流泉声咽
嗟叹岁月蹉跎

可曾记得　那个
樱花绽放的日子
燕语呢喃
花枝婆娑
你轻摇一叶扁舟
在岸边等我
樱花谢了
枫叶红了

雪花飘了

多少次花开花谢

潮起潮落

我的许诺　却始终

未曾在岸边停泊

错　　错　　错

全都是我的错

如今　樱花缤纷时节

又见燕子归来

却不知何处筑巢

站在相思河畔

乱花迷眼

泪雨滂沱

纵有千般愁怨

万种悔恨

又该向谁诉说

向谁诉说

通向你的路

冰雪消融
春风荡漾
是何处飘来
玫瑰花的清香
沿着小路
我走向花海
彷徨　张望
张望　彷徨
走着走着
迷失了方向

突然　眼前一亮
花园深处
款款走来　一位
玫瑰花一样
妩媚漂亮的姑娘
苗条的身材
椭圆的脸庞

大大的眼睛
高高的鼻梁
长长的发辫
在风中摆荡

姑娘　前方
有玫瑰吗
她扑哧一笑
指指远方
小路尽头
有个池塘
没有玫瑰
全是鸳鸯

我愣愣地站着
抓耳挠腮
走吧　跟着我
去寻找玫瑰
朝着相反方向
那里的玫瑰
正在开放
说着　丢下

一串笑声
裙衫飘曳
撒下阵阵馨香

于是　跟着她
我俩说说笑笑
上至天文
下至地理
山南海北
海阔天空
江南烟雨
塞北草原
绿水青山
鸟语花香
小路弯弯
鸟声喳喳
春风拂面
心花怒放
突然　我们
不约而同
停下脚步
她悄声低问

咋不走了
我呵呵答道
不用找了
不用找了
最美的玫瑰
就在身旁

啊　玫瑰花一样
美丽芳香的姑娘
就在身旁
在我的心中绽放

《通向你的路》

距　离

穿过夜的藩篱
我用目光丈量着
走向你的距离
有时　很近
触手可及
有时　很远
遥遥无期
忽远忽近
若即若离
多少个夜晚
多少个白昼
始终　我都无法到达
我们可以触及的距离

我没有放弃
也不会放弃
踩着泥泞
踏过崎岖

时光　被我折叠得

弯弯曲曲

风风雨雨

朝朝夕夕

小路那头

总是站着一个

谜一般的你

问你　问你

何年何月

何月何年

你会停下脚步

最终　为我解开

连几何　代数

甚至微积分

都无法解析的

那个命题

丈量着　就这样

始终如一地

丈量着　用心

细细地丈量着

爱的距离

蓦然回首

只听见山谷的风

在我耳边

窃窃私语

不必　　不必

苦苦地寻觅

其实　　爱的距离

只有一步

仅仅一步

只需　　量量自己

距离　　就在你自己

心里

我是一棵落光叶子的树

瑟瑟秋风中
我伫立路旁
渴望　纷飞的落叶
带来你脚步的声响
已不敢奢望　奢望
阳光灿烂的日子
为你花开满枝
也不再梦想　梦想
风摇树影的黄昏
为你曼舞裙裳
此刻　孑然凝望
结伴南飞的大雁
任凭这冷雨秋霜
朝朝暮暮　暮暮朝朝
抽打着我的忧伤

无论怎样　我心中
仍郁结着对你的爱恋

每年　都守在路边
萌发着芬芳的热望
有风　有雨　有雾　有霜
有挂满枝头的冷冷冰雪
有晒焦肌肤的炎炎骄阳
伫立着　就这样孤独地
伫立着　守望着
就这样　痴痴地守望
哪怕是站到海枯石烂
哪怕是守到地老天荒
我始终　始终都捧着
这一颗　凋零的心
向路人殷殷打听
你归来的消息
可是　可是望尽天涯
云水茫茫
没有　没有人知道
你去向什么地方

夜行船

烟雨江南

灯火阑珊

吱扭吱扭

夜行船　就这样

掀开雨帘

缓缓驶进　那个

温馨的港湾

岸上　弯弯小路

铺满了苔藓

你悄然为我

撑起一把小伞

小心　路很滑呢

牵着我的手吧

你看　前方不远

穿过那片树林

就是客栈

那个夜晚

睡得很甜

而如今　时光早已

洗尽芳华容颜

耳边　却依稀听见

那一江涛声

隐隐约约

还在拍打着

寂静的堤岸

那摆动的桨橹

还忽紧忽慢

拨动浪花　摇动着

我的心弦

我的夜行船啊

就在那个夜晚

装满甜甜蜜蜜

和青春的无怨

缓缓地停泊在

我心灵的港湾

只叹　只叹

潮涨潮落

岁月悠悠

只叹　只叹

相思河畔

如今　只见归舟

没有帆篷

沙滩上　只留下

荒草萋萋

梦　已经搁浅

《帆影依山尽，春色画中来》

晚风　从林间吹过

晚风　从林间吹过
夕阳　在山巅滑落
姑娘踏着月色走来
走向那弯弯的小河

小伙在桥头等候
浪花儿在桥下唱歌
明天　他就要离开家乡
奔向遥远的边疆哨所

她要把甜蜜的爱情
交给心上人儿珍藏
她要把心中的话儿
向憨厚的小伙诉说

让他记住这个夜晚
带走她忠实的承诺
让他安心守护边疆

记住乡亲们的嘱托

林间弥漫着花香

月光在河面闪烁

姑娘与小伙的倒影

在桥下悄悄地重合

1969 年 5 月初稿于河南息县黄河北岸

《寒梅雪中开，春风柳上归》

雨　别

要下雨了
带上伞吧
远行的山路
坑坑洼洼
山沟没有人家
雨再大　不怕
噼里啪啦
噼里啪啦
知道吗　那是
我与你说话

如果雨停了
就当作拐杖
你去哪儿　它就跟到哪儿
想我的时候
站在山岗
回头凝望
咱俩第一次　见面的
那棵山楂树

就像这把小伞
罩着的　全都是
贴心话

啊　下雨了
小雨沙沙
你转身接过小伞儿
一刹那　不知为啥
我却心乱如麻
唉　咬咬牙　走吧
早去早回
山的那边
遍地野花
无论海角
无论天涯
外面风景再美
野花儿再香
也不要忘了
带着这把小伞
早点儿回家

月光之恋

那个夜晚
满院飘香
圆圆的月亮
挂在桂花树上
门前的小溪
叮叮咚咚
弹奏着歌谣
你伏在我的肩头
悄悄地问道　不知
明年花开时节
你在什么地方

可是今夜
月光如水
桂花　已如约绽放
为何　却听不到
小溪的琴声
只有鹅卵石

凝固的泪珠

堆满了河床

秋风　匆匆赶来

用树影　在月光下

写信　写呀写呀

写满了一地

我仔细地读呀

读呀　读来读去

不是思念

就是忧伤

亲爱的　那个夜晚

咱们说好的

一千年不变

就像这桂花树

年年绽放

就像这小溪流

夜夜流淌

难道　难道

你就这样　让我

看着花开花谢

月缺月圆

等呀　等呀

等到海枯石烂

地老天荒

《黄山秋色》

赠　别

岁月如歌
友情似酒
人生的长河里
有多少
可以停泊的港口

此刻　当我们
执手惜别
有多少想说的话
留在心头
那么多晓风残月
那么多细雨蒙蒙
那么多柳暗花明
那么多舞榭歌楼
一刹那　都化作
这绵绵思念
和浓浓离愁

拥有时　却茫然无知
逝去的　已无法停留
但不知明天
你又会　漂向哪座港口

挥手间　无语凝噎
泪湿襟袖
云水茫茫
雁字几行
独倚清秋
人比黄花瘦
落叶迷眼
不见孤帆远影
唯有一江逝水
向东流

啊　朋友
潮涨潮落
花开花谢
唯有真情依旧
知否　知否
逝去的　是悠悠岁月

留下的　是久久等候

纵然星移斗转

纵然海角天涯

在我心中停泊的

永远　永远

都是　这一叶

从未远去的归舟

《春雪》

终于没有能够

终于没有能够
摇一叶扁舟
在荷花丛中
随意漂流
你说　夜色真好
水波荡漾
一不小心　掉进池塘的
星星
竟被贪吃的鱼儿
偷走

终于没有能够
再次牵手
在朦胧的月光下
随便走走
我说　风儿真香
稍不留神　那多刺的
玫瑰
竟偷偷地扯住你的
衣袖

然而　月色依旧

那半轮弦月

不知为何　却悄悄

藏在山后

似嗔　还羞

云也悠悠

水也悠悠

此时此刻　又是

月圆中秋

我却身在异国他乡

涕泪满襟

远方的人啊

不知你是否看到

是谁　凭栏远眺

独倚高楼

圆圆的思念　正被

这猎猎秋风

和千年等候

恁地　吹瘦

1972 年 7 月记于亚的斯亚贝巴

2023 年 5 月改于北京

心　愿

此刻　我已别无所求
只是祈望　往日
那深深浅浅的悲欢
不要　在你心中
停留得太久太久

人生苦短
岁月悠悠
幕起幕落　总会有
曲终人散的时候
可曾记得　那年夏日
西子湖畔
烟雨如织
暗香浮动
苏堤桥头
初次邂逅
你为我撑起
一把雨伞

我才躲又就
欲说还休
说着笑着
走着看着
情不自禁地
悄悄牵手

此后　风雨征途
我们　聚聚散散
多少次　折柳相送
多少次　迎候渡口
多少次　惊涛骇浪
多少次　风狂雨骤
似水流年流年似水
江河滔滔滔滔江河
洗尽的是青春年华
酿造的是陈年老酒

如今　我已别无所求
只是祈愿　你能够
早日走出诀别哀伤
抚平这流血的伤口

如果　每年月圆中秋
站在我俩亲手栽种的
那棵相思树下　想起
我们曾经　爱过一次
也就足够　也就足够
即使把我投入
炼狱的底层
我也会捂着
丘比特的箭伤
站在天堂路口
心怀愧疚
涕泪横流
向来路深深地鞠躬
感激你的慷慨馈赠
并且诚惶诚恐地
请你原谅我的愧疚
如有来生　我愿
倾尽所有
偿还今生亏欠
与你再结鸾俦
与你风雨同舟

新 荷

屏住呼吸
鼓足勇气
举一束玫瑰花
请你收下

头也不回地
跑向湖边
隔着柳帘　偷看
月光下　那朵
摇曳的荷花

当渐近的脚步声
敲击着　我心头
那面　爱的小鼓
我真的不知道
是藏进花丛
还是钻入水下

梅园之夜

等候得太久太久
燃烧的渴望　汇成
一条彩色河流

北斗星　在风车上旋转
芳香　染透了衣袖
壁炉　毕毕剥剥地哼着
那支古老的歌谣
一只美丽的蝴蝶
扇着翅膀　轻轻落在
梅的枝头

月色如酒
似嗔还羞
曾经守望千年
守望千年　不见
雨软风柔　唯有
弯月似钩
为什么　一次次

错过花期
为什么　一天天
凭泪空流
为什么　一年年
望尽云山
为什么　一岁岁
孑立路口
等候千年
千年等候
才有　才有今夜
这暗香初透

风摇帘影
纷纷坠落的松果
一不小心　碰碎了
一汪离愁
不愿梦醒
偏要梦醒
洗去离愁
又是离愁
只见窗外　风折柳枝
啊　又是伤别的时候

桂花树下

站在桂花树下
心乱如麻
拾一片相思
我与秋风对话
风　摇动树枝
摇呀　摇呀
摇碎了一地月光
我追问桂花
说呀　你说呀
明年　明年
桂花飘香时节
我的牵挂
是否回家

桂花微笑不答
只听落叶沙沙
调皮的秋风
左顾右盼　倏然
吹乱了我的惆怅

吻红了我的面颊

莫愁　莫愁

放心　放心吧

任凭山高水远

哪怕海角天涯

明年　中秋月圆时

北雁南飞

就在这桂花树下

我一定为你

摇呀　再摇乱

这遍地落花

《中秋咏月》

烛　光

夜色苍茫
月照纱窗
蘸着绵绵思念
我把熄灭了太久
太久的那束烛光
再次　为你点亮
岁月　早已洗尽
红颜芳华
而你的微笑
你的目光
一如往昔
那样　楚楚动人
也总在这氤氲的
烛光里绽放

举盏的人啊
我怎能忘记
那个夜晚

下卷　生命恋歌

灯火阑珊
同样是月光如水
同样是烛光摇曳
我们执手惜别
却相对无语
只有　只有
晶莹的泪花
在酒杯里流淌
如今　蓦然回首
银汉迢迢
翘首相望
时光相册里装订的
依然还是那个晚上
你亮丽妩媚的模样

仿佛就在昨天
仿佛近在咫尺
然而　今夜的今夜
我们　却远隔重洋
日复一日
年复一年
我一次次

为你燃烧

为你熄灭

为你酩酊

为你断肠

而窗外翻涌的

永远都是

那海浪的呜咽

永远都是

那远去的帆影

却再也看不见

你迷人的笑靥

再也听不到

荷塘月色下

那桨橹的歌唱

啊　烛光

只有这温柔的烛光

把你的美丽

你的倩影

一层层折叠起来

压在心底　这是

任何狂风巨浪

都无法卷走
也无法淹没的
我心中　永久
永久地珍藏

啊　烛光
永远的烛光
你是我永远的惆怅
你是我永远的忧伤
永远的忧伤啊

1970 年中秋于摩加迪沙

我没有失约

我没有失约　路灯
可以为我作证
雪花　纷纷扬扬
在倾泻着感情
树枝摇曳
楼影幢幢
次第亮起的灯光
映红了迷蒙夜空
城市　很暖很暖
我的心很冷很冷

是一次美丽的错过
还是记错了时辰
是你迷失了方向
还是忘记了约定
我一次次　拨打手机
听不到那心动的铃声
雪花还在静静地飘落
似乎什么都没有发生

等着　就这样傻傻地

等着　我站成了树桩

站成了路灯　还是

没有看到　你的身影

不知何时　疲惫的雪花

也收起了热情

飞得无影无踪

城市　又开始了

新的骚动

不觉　已是黎明

我没有失约

冬夜　可以为我作证

《雪夜访友》

青春　好比一座驿站
我不能久等
时光　在背后催促
前方
不知还有多少路程
记住今夜　记住
这个失约的夜晚
当启明星　微笑的时候
我要送给你
一本　薄薄的诗集
它的名字　就叫作
爱的人生

我等待着你

只为爱你
没有什么不能等待的
就像沙漠等待绿洲
海岸等待潮汐
干旱等待春雨
种子等待土地
我等待着你

在相思林里
我站成一棵相思树
在银河系里
我站成一颗流泪的恒星
我宁愿站成一尊雕像
我宁愿站成一座山脊
千年之后　也许
也许　我就是那个
早已风化干瘪了的
木乃伊
我等待着你

我等待着你

等你　等你

说出那个字

或者　浅浅一笑

或者　淡淡默许

一个眼神

一个暗示

那座紧闭的大门

便倏然为我开启

啊　我的上帝

终于　终于

就在那一刻

我等到了惊喜

等你　是一杯苦酒

却醇香无比

那么现在

只须　只须

闭上眼睛

细细品酌

要知其中滋味

切记　切记

须屏住呼吸

《三思》

　　《诗路放歌》付梓，我 60 年的业余写作生涯也将画上句号。回望来路，感慨万端。此刻，我又突然想起保尔·柯察金说过的那段话："人最宝贵的是生命。生命每个人只有一次。人的一生应当这样度过：当回忆往事的时候，他不因为虚度年华而悔恨，也不会因为碌碌无为而羞愧……"60 多年前在大学读书时，在《钢铁是怎样炼成的》这本书里，我第一次读到这句话时便将之深深铭记于心。60 多年来，无论是阳光灿烂的日子，还是凄风苦雨的岁月，它一直是激励我奋力前行的动力。也许，这就是文学的力量。

　　我在科技工作岗位上奋斗了近 60 年，文学创作只是我的业余爱好，特别是在 1981 年 1 月 15 日癌症术后，是我被迫选择的与死亡抗争的一种方式。一眨眼，42 年过去了。"苍龙日暮还行雨，老树春深更著花。"生命不息，奋斗不止。我会继续努力！

　　我要特别感谢在生命旅途上给予我支持和帮助的所有亲人及朋友！尤其是在文学创作中，一直得到众多新闻、出版、科技、教育、艺术界和广播、电视、新媒体单位的厚爱，数百位朗诵艺术家和全国各地的大中小学生为作品的传播作出了重要贡献。以文会友，与诗结缘，许许多多未曾谋面的读者给予的热情鼓励和支持，始终与我同行。在艰辛的文学跋涉中，有你们相伴相随，有你们击掌喝彩，我才有勇气披荆斩棘，奋勇攀登！

我还要特别感谢"书香三八"读书活动组委会的领导和朋友们！尤其是在我的创作活动接近尾声的时候，有机会与"书香三八"结缘，感到格外荣幸！2022年9月9日，韬奋书局总经理汪正球先生，"书香三八"读书活动组委会事业发展部主任李艳及董嘉浠、章天元等几位朋友光临寒舍，并通知我，根据"书香三八·书香坊"读书会年度12本好书共读安排，我的诗集《共和国科学家颂：52位中国科学家的故事》定于10月4日首播、10月29日收官，并拟邀请著名科学家高登义、吴瑞华、许木启先生参加活动，给读者做几场科普讲座，以弘扬科学家精神。后来，在大家的共同努力下，这次共读活动取得圆满成功。2022"书香三八"年度100部好书评选结果揭晓，幸运的是我的诗集《热土：献给祖国的颂歌》入选。这本诗集于2022年8月由广西科学技术出版社出版。更没有想到的是，《热土：献给祖国的颂歌》被"书香三八"读书活动组委会选定为联合共读书目。为庆祝中国共产党成立102周年，共读活动于2023年7月1日晚8点开篇，组委会特邀我以"理想、信念、人生"为题，与全国书友分享我的创作故事和人生趣事。

尤其令我深为感动的是，"书香三八"读书活动组委会常务副主任王华先生知悉我的新作《诗路放歌》已经脱稿，便与组委会商定将这本封笔之作选定为第十二届"书香三八"读书活动推荐读物。随后不久，王华先生便亲自主持召开了编纂工作座谈会，"书香三八"读书活动组委会副秘书长、编辑部主任刘德荣，"书香三八"读书活动组委会副秘书长、办公室主任李正勇，"书香三八"读书活动组委会副秘书长、办公室副主任王梅，事业发展部主任李艳，美术编辑赵志军等参加了编排、设计等工作的讨论，会后启动了书稿的编辑、审阅工作。刘德荣主任在百忙中认真审阅了全部书稿，对全书的编排、文字、插图等相关出版事宜提出了中肯的建议。文稿编辑完成后，美术编辑赵志军立即投入图书的版式和封面设计，我提供了自己几十幅书画作品作为诗集插图。组委会这种高效严谨的工作作风令我感动！

据我所知，"书香三八"读书活动作为全国性、开放性的女性学习、互助和服务型阅读交流公益平台，以"推动女性阅读，建设书香家庭"为宗旨，组织开展主题征文、书画阅读、摄影阅读、表演阅读、行走阅读、专题讲座、联合共读及"书香三八·书香坊"读书会系列读书活动等，优化阅读效果，提升服务品质，已经发展为全国极具影响力的女性阅读推广服务文化品牌，为中国女性阅读的探索与实践作出贡献！

感谢"书香三八"读书活动组委会为这本诗集的出版、发行、传播给予的大力支持与帮助！

为此，我特为"书香三八"读书活动创作了一首诗——《心灯，在这里点亮》，与读者共飨。

心灯，在这里点亮
——写给"书香三八"读书活动

十载披星戴月

十载雨露风霜

"书香三八" 就像一座

后
记

285

移动的图书馆

满载着中国女性

琅琅的读书声

在知识的海洋里

劈波斩浪

扬帆远航

与智者对话

与仁者交流

在学海里求索

在书林中徜徉

母亲们的笑容

在这里绽放

孩子们的笑声

在这里荡漾

多读书　读好书

读青春　读理想

读睿智　读修养

读生活　读力量

读中国　读世界

读奋斗　读信仰

书香　在这里飘洒

心灯　在这里点亮

激情　在这里燃烧

生命　在这里成长

灵魂　在这里升华

热血　在这里流淌

有多少个家庭

有多少道目光

云集在"书香三八"船头

遥望那千帆竞发

水击三千里烟波

正驶向中华民族

伟大复兴的梦想

此刻　当我满怀求知的热望

也带着深深的景仰

走进这优雅的书香坊

扑面而来的　是一缕缕

浓浓淡淡不绝的馨香

不由得　我打开书卷

细细品味　慢慢鉴赏

并且　轻轻抚摸着

一行行优美的文字

一幅幅精美的图像

那一刻　我仿佛看见

后
记

287

一个文化自信的中国

我们伟大的母亲啊

她正用甘甜的乳汁

喂养着她的儿女们

我们勤劳智慧的中华儿女

身披新时代的万道霞光

正昂首挺胸　器宇轩昂地

屹立在世界东方

啊　"书香三八"知识的航船

是我们　梦想起飞的地方

郭曰方

2023 年 7 月于北京